Marco Lemessi

CHANGING
HISTORY

Romanzo

Copyright © 2020 by Marco Lemessi

ISBN 978-1-7352054-1-0

Copertina di Sampath, SMStudio Inc.

facebook.com/ChangingHistoryBook/

A Elena e Isa, le mie donne

A Roma, la città che amo più di tutte

*A Carlo, Federico, Giuliano, Ilda, Laura e tutti coloro
che mi hanno accompagnato nel viaggio della vita,
ma se ne sono andati troppo presto*

INDICE

Parte Prima:
STRONGILI

...essendo succeduti terremoti e cataclismi straordinari,
nel volgere d'un giorno e d'una brutta notte [...],
tutto in massa si sprofondò sotto terra,
e l'isola Atlantide similmente ingoiata dal mare scomparve

Platone, *Il Timeo***, traduzione di G. Fraccaroli**

PROLOGO

Isola di Strongili, Mar Egeo
1600 A. C. circa

La terra aveva cominciato a tremare, inizialmente in maniera lieve, quasi impercettibile. Erano stati gli animali i primi ad avvertire qualcosa di anomalo nell'aria. I cani avevano iniziato ad abbaiare senza apparente motivo, le pecore a belare agitate nei recinti in cui erano rinchiuse. I gabbiani, che solitamente volteggiavano rumorosi sopra l'isola, erano scomparsi improvvisamente.

Poco dopo i tremori erano stati chiaramente percepiti anche dagli esseri umani. Le prime crepe erano comparse, minacciose, sulle pareti esterne degli edifici più alti, a tre e quattro piani. Un rombo sordo e inquietante, che sembrava risalire dalle viscere della terra, era udibile in tutta l'isola.

Al tramonto del sole, molti degli oltre trentamila abitanti di Strongili avevano preferito lasciare il confortevole tepore delle loro case e, radunatisi in riva al mare nella parte meridionale dell'isola, avevano passato la notte all'aperto, con qualche coperta di lana grezza e poche vivande. Nonostante la speranza di tutti fosse che la situazione potesse ritornare alla normalità in breve tempo, i più realisti si erano immediatamente adoperati a preparare le barche perché fossero pronte a salpare se necessario, portando con sé gioielli e oggetti preziosi.

Strongili, situata poco a nord del trentaseiesimo parallelo nell'emisfero boreale, non era soggetta a temperature rigide, e quella notte d'autunno, con i suoi

9

sedici gradi centigradi, non faceva eccezione. La temperatura mite favoriva le attività di pastorizia e agricoltura, in particolare la viticoltura. Era però nella navigazione che gli abitanti di Strongili non avevano rivali. Le loro navi a vela, robuste e veloci, consentivano prosperi commerci con le isole circostanti e garantivano alla flotta di Strongili una supremazia militare indiscussa in pressoché tutto il Mar Egeo.

Il pomeriggio del giorno successivo, un paio d'ore prima dell'imbrunire, si erano verificati i primi crolli. Le pareti di un paio di case della città principale dell'isola avevano ceduto di colpo e si erano schiantate al suolo in un'esplosione di pietre, sollevando nuvole di polvere e provocando il panico tra i pochi rimasti in città. Qualche minuto dopo anche l'acquedotto, fonte d'acqua potabile per molte delle case dell'isola, era stato squarciato da una violenta scossa che aveva scavato una profonda fenditura nel terreno brullo e polveroso.

Il movimento tellurico si era fatto via via più intenso e più frequente, con crolli sempre più devastanti. Una dozzina di edifici erano fragorosamente collassati, accartocciandosi su se stessi e lasciando cumuli di pietre e polvere laddove solo pochi istanti prima si ergevano solide mura decorate con eleganti affreschi colorati. Un'ala del palazzo reale si era sbriciolata senza preavviso, seppellendo sotto tonnellate di macerie un segreto gelosamente custodito nelle cantine reali.

Mentre gli abitanti di Strongili, terrorizzati, si accalcavano nel porto, a poche centinaia di metri dal principale centro abitato, il re, senza ulteriori indugi, aveva ordinato l'evacuazione immediata dell'isola. Decine di imbarcazioni, l'intera flotta di Strongili, si erano raccolte a pochi metri dalla riva nella parte meridionale dell'isola.

In poche ore, tutti gli abitanti erano stati imbarcati. Miracolosamente, il sisma non aveva causato vittime.

La flotta aveva preso il largo e, su ordine del re, si era diretta a sud, verso la grande isola di Kaptara. Il re aveva reputato Kaptara sufficientemente lontana da Strongili da garantire sicurezza al suo popolo fino a quando la situazione fosse tornata alla normalità.

Ciò che era successo quel giorno, tuttavia, era soltanto l'inizio. Il peggio doveva ancora venire.

***

Erano passati sette mesi dal giorno in cui la flotta di Strongili aveva levato le ancore e abbandonato l'isola squassata dal violento terremoto.

Dall'alto della collina, Áreos, capo delle guardie reali, osservava la luna piena diffondere un alone di luce argentea nel cielo nero. Una leggera brezza soffiava in direzione sud, facendo ondeggiare lievemente le fronde degli alberi di ulivo e trasportando le ceneri che, ormai da settimane, venivano incessantemente espulse dal cono vulcanico che si era formato nella parte centro-settentrionale della caldera.

Il rumore ritmico delle onde del mare che si infrangevano sulla costa meridionale dell'isola lo riportò col ricordo a quando, sette mesi prima, aveva osservato le prime navi sciogliere le vele al vento e allontanarsi speditamente dall'isola, la sua unica figlia Eilínas su una di queste. Si era chiesto, quel giorno, se la piccola fosse impaurita oppure eccitata all'idea di trovarsi di lì a poco in mezzo al mare nel cuore della notte. Gli era sembrato di vederla: le mani strette al parapetto della nave, i lunghi capelli castani leggermente mossi scompigliati dalla brezza marina, gli intensi occhi color nocciola fissi sul mare nero alla ricerca delle fiaccole delle altre imbarcazioni della flotta.

Occhi verdi e crespi capelli castano scuro, Áreos era nel fiore degli anni. Fin dall'adolescenza era stato educato all'arte della guerra e, negli anni successivi, si era distinto per coraggio e astuzia negli scontri militari, prevalentemente sul mare. Il suo valore e il suo carisma gli avevano valso la stima e la fiducia incondizionata dei suoi uomini.

«Comandante, siamo pronti!»

La voce del suo vice, Thalássios, lo strappò dai suoi pensieri, riportandolo bruscamente alla realtà. Áreos continuò a fissare la luna, senza voltarsi verso Thalássios.

«Il *kỳklos* è sul carro?»

«Sì, comandante! Gli uomini hanno appena finito di fissare le funi.»

«Bene. Muoviamoci.»

Thalássios si portò l'indice e il pollice della mano destra alla bocca e fece un lungo fischio.

Qualche istante dopo, il grande portale bronzeo del palazzo reale si schiuse, e ne uscì un carro di legno, trainato da un asinello grigio. Un paio di passi alla sinistra dell'animale, un soldato corpulento e dai folti capelli neri e lisci ne guidava i movimenti, tenendolo per la cavezza con la mano destra. Nella mano sinistra stringeva una fiaccola accesa che gli illuminava il volto. Un altro soldato, alto e magro, armato di una lunga lancia e uno scudo ovale dai colori vivaci, seguiva il carro a pochi passi di distanza.

Áreos, seguito da Thalássios, si avvicinò al carro e fece cenno al soldato corpulento di fermare l'asino. Controllò quindi attentamente le funi, per accertarsi che il *kỳklos* fosse fissato saldamente al carro. Accarezzò con delicatezza la superficie metallica perfettamente levigata dell'involucro protettivo, invocando tacitamente la protezione degli dèi affinché la loro missione andasse a buon fine.

Nonostante l'uso del *kỳklos* fosse riservato esclusivamente al re, Áreos, in qualità di capo delle guardie reali, era a conoscenza del suo straordinario potere. Sapeva che molti dei successi di Strongili, sia in campo militare sia commerciale, erano da attribuirsi all'uso del *kỳklos*, il grande anello di metallo dono degli dèi *O-ma-nói*.

Il sovrano, da qualche settimana gravemente malato, aveva incaricato Áreos di recuperare il *kỳklos*, rimasto sepolto nel crollo di un'ala del palazzo reale, e di portarlo in salvo a Kaptara. Qui il re ne avrebbe rivelato il potere al suo unico figlio e suo prossimo successore al trono.

Áreos, accompagnato da cinque guardie reali, aveva raggiunto Strongili la sera precedente con una nave a vela. Il mattino dopo, lasciati due uomini di guardia alla nave, aveva risalito la collina con gli altri tre e raggiunto ciò che restava della città principale dell'isola. Sulla collina li aveva accolti una distesa spettrale e muta di scheletri di edifici alternati a cumuli di macerie. Laddove un tempo risuonavano le voci dei commercianti e le grida dei bambini, il rumore degli artigiani, i belati delle pecore e i latrati dei cani, regnava ora un silenzio irreale, minaccioso.

Era stata necessaria una giornata intera di duro e paziente lavoro per rimuovere tonnellate di pietre ed estrarre il *kỳklos*, miracolosamente intatto, da quella che, soltanto qualche mese prima, era una stanza elegantemente affrescata delle cantine reali.

Un boato squarciò improvvisamente il silenzio della

notte. Il terreno tremò violentemente, tanto che Áreos dovette aggrapparsi prontamente al bordo del carro per evitare di perdere l'equilibrio. Thalássios e l'uomo armato di lancia rovinarono a terra, come scaraventati all'indietro da una mano invisibile. L'asino ragliò rumorosamente, il muso rivolto verso l'alto, gli occhi fuori dalle orbite per il terrore. Un corvo spiccò il volo dal tetto di un palazzo e scomparve verso il mare, inghiottito dal nero della notte. Il soldato corpulento vacillò, ma riuscì a rimanere in piedi. Altre case crollarono rumorosamente, sollevando nubi di polvere. Una grossa frattura si aprì nella collina, a una decina di metri dai quattro uomini. Un intenso odore di zolfo impregnò l'aria, che improvvisamente si era fatta più calda.

«Gli dèi sono in collera con noi!» balbettò il soldato magro, rialzandosi e raccogliendo rapidamente la lancia che gli era sfuggita di mano durante la caduta.

«Non c'è tempo da perdere! Portiamo il *kýklos* alla nave e andiamocene da qui!» comandò Áreos.

Immediatamente, il soldato corpulento si avviò con passo deciso lungo il sentiero che conduceva al mare, trascinando l'asino, ancora terrorizzato, per la cavezza. Thalássios e il soldato con la lancia seguirono veloci il carro senza dire una parola, ma guardandosi intorno con un misto di circospezione e timore.

Sulla notte era nuovamente calato il silenzio, un silenzio irreale e foriero di sventura. La luna venne inghiottita da una grande nuvola scura e il buio intorno ai quattro uomini si fece più intenso. A parte la luce tremolante che proveniva dalla fiaccola del soldato corpulento, cielo, terra e mare sembravano fondersi in un'unica massa, nera come l'inchiostro.

In pochi minuti i quattro uomini raggiunsero il porto.

La loro nave li attendeva, pronta a salpare. Uno dei due soldati rimasti di guardia all'imbarcazione, armato di lancia e scudo, vigilava nei pressi della passerella di accesso, illuminata da una lanterna a olio. Il suo sguardo, rivolto verso la collina sovrastante, tradiva inquietudine e timore. L'altro soldato era a bordo, indaffarato a legare sul fondo dell'imbarcazione un paio di giare piene d'acqua potabile, nel caso in cui la navigazione si fosse protratta più del previsto a causa della mancanza di vento.

Le navi di Strongili erano celebri per la loro agilità e velocità. Lunghe per lo più tra i venti e i trenta metri, col vento a favore erano in grado di mantenere la ragguardevole velocità di sei nodi[1].

Áreos guardò le stelle, pensando nuovamente alla sua bambina che lo attendeva a Kaptara.

Il soldato corpulento e Thalássios sciolsero rapidamente le funi, sollevarono il *kýklos* nel suo involucro protettivo, e lo trasportarono con cautela a bordo dell'imbarcazione, dove lo fissarono saldamente alle travi della stiva per evitare che potesse ondeggiare durante la navigazione, danneggiando in tal modo la nave.

Áreos salì a bordo, seguito dagli ultimi due soldati ancora rimasti a terra.

«Fate salire a bordo anche l'asino. C'è spazio a sufficienza», ordinò Áreos.

Il soldato corpulento non se lo fece ripetere due volte. Con un balzo saltò sul molo, afferrò l'animale per la cavezza, e lo condusse a bordo lungo la passerella, che si arcuò leggermente sotto il peso suo e dell'asinello.

Un istante dopo, Thalássios provvide a mollare gli

---

[1] La velocità di un nodo equivale alla distanza di un miglio marittimo (1,85 chilometri) percorsa in un'ora. Sei nodi corrispondono dunque a circa 11 km/h.

ormeggi, la vela fu spiegata al vento, e l'imbarcazione prese il largo, lasciandosi rapidamente alle spalle l'isola di Strongili. Il vento di tramontana gonfiava la vela, la prua fendeva come una lama affilata l'acqua nera, la luna e le stelle rischiaravano la notte, delineando le sagome dei sei uomini a bordo.

Áreos si voltò a guardare la costa di Strongili, chiedendosi con preoccupazione se e quando avrebbe potuto rimettere piede sull'isola dov'era nato.

***

Avevano lasciato Strongili da una ventina di minuti quando l'asinello cominciò ad agitarsi. Dapprima ragliò disperato, quasi volesse chiedere aiuto agli uomini che gli erano intorno. Poi iniziò a dimenarsi, cercando di divincolarsi dalla corda con cui era stato legato all'albero della nave. Il soldato corpulento balzò in piedi e, avvicinatosi lentamente all'animale, cercò di calmarlo accarezzandogli dolcemente il muso.

In quell'istante il mondo intorno a loro esplose.

Il boato si udì a decine di chilometri di distanza, e l'onda d'urto investì come una bomba la fragile imbarcazione di legno su cui si trovavano i sei uomini e l'asinello.

La vela venne strappata via. L'albero, spezzato, cadde sul ponte, schiacciando Thalássios e uccidendolo all'istante. Due uomini vennero scaraventati fuori bordo come coriandoli, e si persero nell'oscurità del mare.

Una gigantesca nube ardente si allargò dal cono vulcanico in tutte le direzioni e in pochi minuti coprì l'isola, proiettando roccia e terra a centinaia di metri di distanza.

Una gragnola di lapilli e materiale piroclastico si abbatté pochi istanti dopo sulla nave, squarciando in più punti il ponte e lo scafo, e generando decine di focolai, che i tre uomini sopravvissuti si affrettarono febbrilmente a estinguere. Un masso incandescente colpì il soldato corpulento sulla schiena, spezzandogli la colonna vertebrale e uccidendolo. L'asinello fece appena in tempo a emettere un ultimo raglio di terrore prima di essere a sua volta raggiunto e ucciso da un altro masso infuocato.

Un istante dopo Áreos vide con orrore l'ultimo dei suoi uomini, avvolto dal fuoco, correre urlando verso il parapetto, scavalcarlo con un balzo, e scomparire nelle acque nere dell'Egeo.

Rimasto solo, Áreos cercò riparo dietro il parapetto di poppa, le braccia a proteggere la testa e le gambe piegate con le ginocchia a toccare i gomiti, mentre la pioggia di pietre infuocate continuava a bersagliare l'imbarcazione.

Parecchi minuti dopo—ad Áreos parvero ore—la pioggia di materiale piroclastico sembrò attenuarsi. Áreos, aggrappandosi al parapetto, si alzò faticosamente in piedi, stordito. Si tastò le braccia, le gambe, il petto. A parte qualche escoriazione e qualche bruciatura superficiale, non era ferito seriamente. Le orecchie gli fischiavano e i rumori gli giungevano attutiti, come ovattati. Chiamò a gran voce i suoi uomini, uno per uno, ma nessuno gli rispose. Si sporse dal parapetto della nave, scrutando nell'oscurità in cerca di qualche segno di vita, ma non vide altro che acqua.

La nave imbarcava rapidamente acqua e cominciava già a inclinarsi pesantemente a babordo. Il ponte era così inclinato che ad Áreos risultava difficile mantenere l'equilibrio. La prua era avvolta dalle fiamme, così come ciò che rimaneva dell'albero. Una dozzina di altri focolai stavano divorando rapidamente il ponte e il fasciame esterno. Il fumo nero che si alzava al cielo si faceva sempre più denso, rendendo l'aria sempre meno respirabile. Áreos capì immediatamente che la nave non sarebbe rimasta a galla ancora a lungo. Si guardò intorno, in cerca di un qualche oggetto cui potersi aggrappare allorché, di lì a pochi minuti, la nave sarebbe colata inesorabilmente a picco.

Fu allora che la vide.

Alta più di trenta metri e tanto larga da non riuscire a scorgerne i limiti, una gigantesca onda scivolava veloce nella sua direzione, affascinante e terrificante al tempo stesso.

Áreos si girò un'ultima volta verso sud, in direzione di Kaptara, verso quel porto sicuro che non sarebbe più stato in grado di raggiungere, verso quella figlia che non avrebbe mai più rivisto.

Si voltò quindi nuovamente verso nord, e fissò l'onda enorme che avanzava rapidamente verso di lui. Era ormai a un centinaio di metri da ciò che restava dell'imbarcazione. Áreos inspirò forte, gonfiò il petto, allargò le gambe per ottenere maggiore stabilità, tese i muscoli delle braccia, e si preparò all'impatto.

La poppa dell'imbarcazione si impennò, sollevata come un'esile foglia di ulivo dalla gigantesca onda. L'impatto polverizzò quel che restava della tolda già crivellata dalla pioggia di materiale piroclastico e divorata dal fuoco. Áreos venne investito in pieno dalla massa d'acqua, che lo spazzò via dal ponte della nave e lo schiacciò verso il fondo del mare.

Il turbinio dell'acqua lo strattonò a destra e a sinistra e lo fece roteare più volte su se stesso, fino a fargli perdere l'orientamento. Non sapeva più dov'era la superficie e dove il fondale marino. Tutto intorno a lui era avvolto dall'oscurità più totale.

L'acqua gelida gli martoriava la carne come migliaia di piccoli aghi. Agitando con forza braccia e gambe cercò di raggiungere la superficie, nuotando disperatamente nella direzione delle ultime bolle d'aria che uscivano dalla sua bocca, mentre l'acqua vorticosa lo risucchiava sempre più in basso.

Malgrado si sforzasse di continuare a trattenere il respiro, la sua bocca si aprì, come manovrata da una forza invisibile, e ingoiò acqua. Pur avvertendo un crescente bruciore al petto e una sensazione di lacrimazione agli occhi, continuò a nuotare disperatamente verso la superficie. Poi si rese conto che era tutto inutile. In quegli ultimi istanti, provò un'inaspettata sensazione di tranquillità.

Il suo ultimo pensiero non fu il *kỳklos*, che poco prima si era adagiato sul fondale marino insieme a ciò che restava della nave. L'ultimo pensiero di Áreos andò alla sua piccola Eilínas. Gli parve di vederla in piedi sulla spiaggia, a pochi metri dalla battigia, i capelli sciolti e mossi dal vento, gli intensi occhi color nocciola che lo fissavano, il viso sorridente, la mano che si agitava in un saluto. Il pensiero della bambina gli diede serenità e un sorriso si allargò sul suo volto, mentre il suo corpo scivolava sempre più in basso, ormai privo di vita.

***

In quel medesimo istante, un centinaio di chilometri più a sud, un cavallo galoppava veloce sulle colline di Kaptara. L'uomo che lo cavalcava aveva ricevuto l'ordine direttamente dal re. Nella bisaccia che portava sulla spalla, avvolto in un fascio di fieno, trasportava un disco di terracotta. Ancora pochi minuti e avrebbe raggiunto il palazzo reale di Phaistos, la sua destinazione.

1

Circa 2 km a sud-ovest dell'Isola di Santorini,
9 marzo 2022, ore 10:30 circa

Il sole splendeva alto nel cielo. La temperatura, poco meno di venti gradi centigradi, era particolarmente mite, un assaggio della primavera che sarebbe iniziata, ufficialmente, soltanto un paio di settimane più tardi. Qualche sporadico cirro tinteggiava di bianco il blu intenso del cielo ellenico.

Un paio di gigantesche navi da crociera stazionavano pigramente all'interno della caldera, ormeggiate in rada di fronte al porto di Órmos Athiniós, a ridosso degli isolotti disabitati di Nea Kameni e Palia Kameni, in silenziosa attesa delle centinaia di turisti vocianti sbarcati sull'isola qualche ora prima mediante il servizio locale di lance navetta.

L'isola di Thira, meglio nota come Santorini, nome datole dai Veneziani in memoria della martire Sant'Irene di Tessalonica, forma, con le vicine isole di Aspronisi, Christiana, Nea Kameni, Palia Kameni, e Thirasia, l'Arcipelago di Santorini, a sua volta parte dell'Arcipelago delle Cicladi. Con circa due milioni di visitatori l'anno, Santorini è una delle principali mete turistiche della Grecia.

Il terremoto di magnitudo 5,9 del giorno precedente aveva danneggiato i cavi sottomarini in fibra ottica che collegavano Santorini alla terraferma, creando non pochi disagi agli abitanti e ai numerosi turisti che soggiornavano sull'isola. Con epicentro a meno di quattro chilometri di profondità a circa ottanta chilometri in linea retta a nord di Heraklion, la città principale dell'isola di Creta, il movimento tellurico aveva sollevato di oltre tre metri una superficie di quasi due chilometri quadrati del fondale marino.

Un paio di gabbiani volteggiarono in cerchio sopra la nave oceanografica statunitense garrendo rumorosamente, quasi a implorare l'equipaggio per un po' di cibo. La *Destiny*, lunga poco più di cento metri e larga poco meno di venti, era stata progettata per la posa e riparazione dei cavi sottomarini. Con un equipaggio di 46 persone e un singolare scafo color turchese, la nave oceanografica aveva gettato l'ancora pochi minuti prima a circa due chilometri a sud-ovest dell'isola di Santorini, nel tratto di mare che separa quest'ultima dall'isola disabitata di Christiana.

«I cavi sono sotto di noi, a una profondità di 1398 piedi[2]», sentenziò Javier García senza staccare gli occhi dal monitor di fronte a lui.

Javier, originario di Monterrey in Messico, era emigrato negli Stati Uniti ancora minorenne quasi trent'anni prima e, nel frattempo, era diventato cittadino statunitense. Il legame con la sua terra d'origine, tuttavia, non era mai venuto meno, e lo si poteva vedere anche dalla maglietta gialloblù della squadra di calcio messicana dei *Tigres* che, anche quel giorno, Javier indossava con orgoglio: il giorno precedente i *Tigres* avevano vinto nei minuti di recupero una combattuta partita valevole per il campionato messicano di *Clausura*. Folti baffi ben curati e crespi capelli corvini lievemente brizzolati sulle tempie, occhiali con montatura nera stampata su misura in 3D, Javier era un uomo minuto. Laureato in ingegneria alla

___
[2] 426 metri (un metro equivale a 3,28 piedi).

Iowa State University, sulla *Destiny* era da molti anni l'esperto di monitoraggio del fondale marino.

«Brittany, a che punto è il ROV?», chiese Jordan Ryan. Capelli biondissimi e intensi occhi azzurri color acquamarina che ne tradivano l'origine svedese, Jordan era da cinque anni il capitano della *Destiny*. Originario di Orion, nell'Illinois, fin da bambino Jordan aveva avuto un amore smisurato per il mare e la navigazione che lo avevano spinto, al termine delle scuole superiori, a frequentare la prestigiosa United States Naval Academy ad Annapolis, nel Maryland, dove si era laureato a pieni voti nel febbraio 1998.

Il ROV, *Remotely Operated Vehicle*, era il robot subacqueo in dotazione alla nave per la riparazione dei cavi sottomarini. Operativo fino a duemila metri di profondità e dotato di una potenza di 120 cavalli, il ROV della *Destiny* era lungo poco meno di cinque metri e largo poco più di due.

«Pronto al lancio, capitano.»

Brittany Bagnall, intensi occhi verdi, capelli color rame raccolti in una coda di cavallo, lentiggini a punteggiarne le guance e naso leggermente all'insù, era l'addetta al controllo del ROV della *Destiny*.

«Andiamo a dare un'occhiata là sotto.»

«Con piacere, capitano.»

Con movimenti esperti Brittany comandò l'apertura della paratia che separava il *moon pool* della *Destiny* dal mare sottostante. Con una serie di leggeri movimenti tramite *joystick*, Brittany manovrò la gru di acciaio cui era appeso il ROV e depose con delicatezza il veicolo subacqueo al centro del *moon pool*.

Premendo in rapida successione una serie di pulsanti sulla tastiera di fronte a sé, Brittany avviò il sistema di propulsione del ROV. Qualche istante dopo il veicolo, dagli sgargianti colori giallo oro e rosso pompeiano, cominciò ad affondare, srotolando dietro di sé il cavo ombelicale che lo teneva collegato alla *Destiny*.

«Profondità 10 piedi... 20... 30... luci di profondità accese.»

Il ROV continuò la discesa verticale verso il fondale marino.

«100 piedi... 150... 200...»

Al di là delle luci del veicolo subacqueo il mare era nero come l'inchiostro. Un paio di pesci, più curiosi degli altri o forse soltanto più affamati, entrarono nel cono di luce del ROV e si avvicinarono allo scafo per poi scivolare nuovamente nell'oscurità pochi istanti dopo.

«1000 piedi... 1200... sistema frenante avviato... 1300 piedi... 1325... 1350... 1375... contatto visivo con il fondale... 1385 piedi... 1390... ROV stabilizzato a 1393 piedi di profondità, il fondale è cinque piedi sotto al veicolo», comunicò Brittany.

«I cavi si trovano 33 piedi alla destra del ROV», disse Javier, continuando a fissare il monitor di fronte a sé. «Nessun ostacolo tra il ROV e i cavi, il fondale è piatto e sabbioso.»

«Ricevuto, sposto il ROV verso l'obiettivo.»

Il ROV ruotò di novanta gradi in senso orario prima di iniziare a spostarsi parallelamente al fondale in direzione dei cavi sottomarini.

Jordan osservava con attenzione le immagini del fondale marino catturate dalle telecamere del ROV e trasmesse in tempo reale sul grande monitor da 100 pollici montato su una delle pareti della sala operativa della *Destiny*. Il fondale era una monotona distesa di sabbia grigia, apparentemente priva di vita. Improvvisamente, un riflesso luminoso all'estremità sinistra dell'area illuminata dal ROV attirò la sua attenzione.

«Stop! Ferma il ROV!»

«ROV arrestato, capitano.»

«Brittany, ruotalo di novanta gradi in senso antiorario.»

Il ROV ruotò di novanta gradi, e le luci subacquee illuminarono un oggetto metallico che sporgeva dalla sabbia a non più di un metro da dove il fondale marino era stato sollevato dal movimento tellurico del giorno precedente.

«Avvicinati», ordinò Jordan, indicando l'oggetto metallico sul grande monitor parietale.

«Subito, capitano.»

Pochi istanti dopo il ROV fluttuava un paio di metri sopra l'obiettivo. L'oggetto metallico era ricurvo e ricordava, sia nella forma sia nelle dimensioni, uno pneumatico di un autotreno. Meno di un quarto dell'intera circonferenza affiorava dal manto sabbioso che copriva il fondale marino.

«Aziona la pompa per rimuovere la sabbia. Delicatamente. Potrebbe trattarsi di un reperto archeologico, ma anche di una bomba inesplosa.»

In fondo al Mediterraneo giacciono ancora oggi migliaia di ordigni sganciati dagli aerei alleati nel corso della Seconda Guerra Mondiale nonché un'enorme quantità di armi e munizioni gettate in mare a conflitto finito per evitare esplosioni accidentali oppure un loro utilizzo a scopo criminale.

Brittany mise mano a un altro *joystick*, e un tubo metallico, simile a quello di un comune aspirapolvere di uso domestico, si protese verso l'oggetto, risucchiando la sabbia con la stessa delicatezza di un'ostetrica che mette la tutina a un neonato.

Centimetro dopo centimetro, la pompa del ROV aspirò la sabbia, liberando l'oggetto metallico dalla coltre sabbiosa che lo aveva coperto per migliaia di anni.

Brittany, senza mai distogliere lo sguardo dal monitor di fronte a sé, guidò la pompa del ROV con precisione ed efficienza. Dopo circa quindici minuti, un anello metallico di circa un metro e mezzo di diametro campeggiava sul grande monitor parietale della sala di controllo.

Kostas "Pan" Panagiotis, Primo Ufficiale della *Destiny*, si avvicinò al monitor per vedere meglio.

Panagiotis, cretese di nascita, si era trasferito negli Stati Uniti cinque anni prima per sposare il suo grande amore, Lara Mellini, un'italo-americana conosciuta a Roma nei sei mesi che Kostas aveva trascorso nella capitale italiana nell'ambito del Progetto Erasmus.

Kostas e Lara avevano vissuto nello stesso appartamento di via Cherso, sulla Prenestina, condiviso con altri due studenti: Fabio, un taciturno e un po' introverso studente di filosofia di Vibo Valentia, ed Emerson, un istrionico portoghese di Lisbona, più interessato a pub e birrerie della città eterna che non alle aule di architettura, facoltà alla quale, si mormorava, era iscritto già da una decina d'anni.

Giorno dopo giorno, la reciproca simpatia tra Kostas e Lara era diventata amicizia, l'amicizia era diventata amore, e, dopo solo diciotto mesi di fidanzamento, i due si erano giurati amore eterno di fronte a Dio nella chiesa di Saint Patrick a Colona, nell'Illinois.

«Brittany, potresti *zoomare* su quest'area?»

Panagiotis delimitò con le mani sul monitor una porzione ben precisa dell'anello.

«Subito, Pan!»

La telecamera del ROV *zoomò* sull'area indicata da Panagiotis, e una sequenza di cinque simboli occupò l'intera parete della sala operativa della *Destiny*.

Pur corrosi da secoli di permanenza in fondo al mare, ciascuno dei simboli, delle dimensioni di circa cinque centimetri per cinque, era ancora riconoscibile.

Panagiotis si avvicinò ulteriormente al monitor, fin quasi a sfiorarlo col naso. Si coprì la bocca con la mano destra, scuotendo al contempo lievemente la testa, come se non potesse credere a ciò che stava vedendo.

«Incredibile!» mormorò dopo qualche istante.

«Conosci quei simboli?» chiese il capitano Ryan, con una nota di stupore nella voce, gli occhi fissi su Panagiotis.

«Sono uguali a quelli del Disco di Festo», sussurrò Panagiotis, senza distogliere gli occhi dal monitor.

Parte Seconda:
IL DISCO DI FESTO

Il significato dei simboli [del Disco di Festo] non è mai stato inteso in un modo che sia accettabile per gli archeologi ufficiali o per gli studenti di lingue antiche.

Pietro Panetta, *I Veicoli Volanti dell'Antichità* (pag. 60)

2

Il professor Guido Lionhill aveva dedicato gran parte della propria vita allo studio del mondo classico greco-romano. Attivo in oltre una dozzina di spedizioni archeologiche nei primi anni Settanta del ventesimo secolo, aveva portato alla luce innumerevoli reperti di valore da una decina di diversi siti archeologici, da Cnosso in Grecia a Leptis Magna in Libia, da Tarragona in Spagna ad Augusta Raurica in Svizzera.

Un tempo pilota di alianti e piccoli aerei da turismo, a causa di uno sfortunato incidente a bordo di un aliante Glaser-Dirks DG-300 che gli aveva provocato la frattura di due vertebre e la conseguente paraplegia, Lionhill era confinato su una sedia a rotelle dall'età di 41 anni. Da allora non era mai più voluto salire su un aereo.

Impossibilitato a proseguire la carriera di archeologo sul campo, Lionhill si era quindi dedicato all'insegnamento. Titolare da oltre trent'anni della cattedra di Archeologia Greco-Romana del Corso di Laurea in Archeologia Classica presso l'Università La Sapienza di Roma, Lionhill parlava fluentemente sette lingue, tra cui latino, greco antico e greco moderno.

Figlio di un diplomatico statunitense e di una professoressa di lettere romana, Guido Lionhill era nato a Roma nel centralissimo Rione Monti, per la precisione in via Panisperna, che lui, scherzosamente, amava chiamare via *Paneprosciutto*[3], pur essendo consapevole dell'incertezza legata all'origine del nome della via.

A dispetto dell'handicap fisico con cui conviveva da ormai quasi quarant'anni, Lionhill era dotato di una memoria fuori dall'ordinario e di un'intelligenza vivace di tipo logico-matematico.

Folti capelli bianchi e vispi occhi azzurro cobalto, ereditati senza dubbio dal ceppo anglosassone della famiglia paterna, Lionhill mostrava almeno una dozzina d'anni in meno dei 78 che l'anagrafe gli attribuiva.

Seduto sul sedile posteriore sinistro di una Buick Regal nera del 2019, l'avambraccio appoggiato alla portiera, il mento stretto tra pollice e indice, Lionhill guardava distrattamente la successione di vetrine della Banca Nazionale del Lavoro mentre la vettura, guidata da un massiccio afroamericano sui trent'anni, risaliva a velocità sostenuta via Barberini, le sospensioni messe a dura prova dalla pavimentazione sconnessa, in pavé con sampietrini.

Mille pensieri si affollavano nella sua mente da quando la sera precedente Lara Mellini, sua ex studentessa e ora brillante archeologa, gli aveva telefonato. Era stata una telefonata breve, non più di un paio di minuti in tutto. Eppure, Lionhill non aveva chiuso occhio quella notte, travolto da una miscela esplosiva di eccitazione, aspettativa e, forse, anche un pizzico di timore. Aveva passato la notte intera alla sua scrivania in legno di rovere, alla luce della lampada da tavolo, rileggendo vecchi articoli e scartabellando diari gelosamente conservati nella sua residenza di via Genova, nello stesso rione in cui era nato. Quello che Lara gli aveva accennato per telefono la

---

[3] *Panis* e *perna* in latino significano, rispettivamente, *pane* e *prosciutto*. Un'altra ipotesi fa risalire il nome *Panisperna* al prefetto romano Petronio Perpenna Magno Quadraziano.

sera prima sembrava confermare un'ipotesi da lui avanzata trent'anni prima e alla quale aveva dedicato mesi di studi. Ancora pochi minuti e probabilmente avrebbe saputo se la sua ipotesi era valida, oppure se si era lasciato trasportare da una fantasia priva di qualunque fondamento. Lara lo aveva informato che una macchina con autista lo sarebbe venuto a prendere alle nove di mattina del giorno seguente per portarlo all'Ambasciata degli Stati Uniti, in via Vittorio Veneto. La sua impazienza lo aveva fatto scendere in strada con oltre un quarto d'ora di anticipo, e aveva ingannato l'attesa—pur continuando a guardare l'orologio, un *S. Oliver* blu, ogni trenta secondi—scambiando quattro chiacchiere con Alvaro, il portiere dello stabile dove abitava dal 1972.

Alvaro, un minuto e paffutello sessantatreenne, era un acceso sostenitore della Società Sportiva Lazio, e Lionhill, pur non essendo un appassionato di calcio, non mancava di punzecchiarlo ogniqualvolta se ne presentasse l'opportunità. Il giorno precedente la Lazio aveva perso malamente in casa contro una modesta squadra romena, e l'occasione di uno sfottò era troppo ghiotta perché Lionhill potesse farsela sfuggire.

«Che ha fatto la Lazio ieri, Alva'? Non ho ancora ascoltato le notizie stamani...»

Alvaro aveva emesso un sommesso grugnito e continuato a passare il Mocio Vileda nell'androne del palazzo, facendo finta di non aver sentito.

Lionhill l'aveva guardato sorridendo, ma aveva deciso di non infierire.

Alle nove in punto una Buick nera aveva risalito via Palermo e aveva accostato al marciapiede all'incrocio con via Genova. Brian—così aveva detto di chiamarsi l'autista—era sceso, lo aveva aiutato a prendere posto sul sedile posteriore, aveva ripiegato la carrozzella nel bagagliaio dell'auto, ed era quindi ripartito lungo via Palermo, costeggiando il lato nord-occidentale del monumentale Palazzo del Viminale, progettato dall'architetto piacentino Manfredo Manfredi, e sede della Presidenza del Consiglio dei Ministri fino al 1961 e, successivamente, del Ministero dell'Interno.

Aveva svoltato a destra su via Depretis, successivamente percorso via del Viminale, fiancheggiando sulla sinistra l'imponente edificio del Teatro dell'Opera di Roma—a giudicare dalle locandine esposte all'ingresso del teatro da lì a pochi giorni sarebbe andata in scena la Turandot di Puccini—, e quindi svoltato a sinistra su via Torino. Un paio di ulteriori svolte su via XX Settembre e successivamente sulla Salita di San Nicola da Tolentino, e avevano raggiunto via Barberini, dove si trovavano adesso.

Le ore insonni si facevano sentire e Lionhill avvertiva un crescente bruciore agli occhi. Fortunatamente aveva bevuto un bell'espresso doppio a casa prima di uscire. Il gusto per il buon caffè gli era stato trasmesso dalla madre romana e, pur essendo per metà statunitense, sia per patrimonio genetico sia per cittadinanza, Lionhill non si era mai azzardato a deglutire un solo sorso di uno di quegli ustionanti intrugli color marrone che i suoi connazionali d'oltre Atlantico chiamavano—impropriamente, a parer suo—caffè.

La Buick svoltò su via Bissolati, proseguì lungo via Vittorio Veneto, quindi girò su via Boncompagni. Dopo aver percorso un altro centinaio di metri, si arrestò all'angolo con via Lucullo, di fronte all'imponente cancello grigio dell'Ambasciata degli Stati Uniti. Un *marine* uscì dalla garitta e si avvicinò alla Buick. Fece un cenno di saluto a Brian, che gli mostrò il badge d'accesso, quindi, rivolgendosi a Lionhill, chiese: «*Your ID, please.*[4]»

Lionhill infilò la mano sinistra nel taschino interno destro della giacca e ne estrasse il proprio passaporto statunitense. Cittadino sia italiano sia statunitense, quella mattina aveva optato per il passaporto USA per velocizzare—almeno così sperava—le procedure d'ingresso in Ambasciata.

Il *marine* sorrise nel vedere il familiare passaporto blu con l'aquila. Controllò che la foto sul passaporto corrispondesse all'uomo che aveva di fronte, restituì il passaporto a Lionhill con un cenno del capo, quindi azionò il meccanismo di apertura del cancello e di abbassamento dei cinque dissuasori stradali posti dietro a questo. Qualche secondo dopo, Brian riaccese il motore della vettura, varcò il cancello e, percorsa una trentina di metri, parcheggiò la Buick di fronte a un edificio a due piani con pianta a forma di lettera "L".

Brian tirò fuori la carrozzella dal bagagliaio, la aprì, quindi aiutò Lionhill a sedervisi sopra. In quell'istante Lara Mellini uscì dall'edificio di fronte al quale avevano parcheggiato, accompagnata da un uomo in divisa. A giudicare dalla foglia di quercia dorata che faceva bella mostra sull'uniforme blu dell'uomo, doveva trattarsi—pensò Lionhill—di un maggiore del Corpo dei Marines.

L'uomo, capelli rasati, occhi azzurri tendenti al turchese, carnagione chiarissima e un metro e ottantacinque di puri muscoli, gli tese la mano presentandosi come il maggiore—Lionhill si lasciò sfuggire un sorriso compiaciuto per essere stato capace di riconoscerne i gradi—Mitch Young.

---

[4] *Il suo documento di identità, per favore.*

«*Nice to meet you, Professor Lionhill. We were waiting for you.*[5]»

«*My pleasure*[6]», rispose Lionhill.

Young strinse vigorosamente la mano di Lionhill—lo stesso vigore di uno spremipatate, pensò Lionhill, massaggiandosi subito dopo la mano dolorante, prima di essere raggiunto da Lara, che lo abbracciò con trasporto.

«Grazie di essere venuto, Guido! Sono così contenta di vederti!»

Dopo aver completato il dottorato sotto la supervisione di Lionhill, Lara aveva collaborato con lui per quasi tre anni come ricercatrice universitaria. Durante quel periodo, i due avevano sviluppato una sincera amicizia che, oltre ad averli portati negli anni a darsi del tu reciproco, li aveva fatti restare in contatto. Quando Lara veniva a Roma—il che avveniva almeno una o due volte l'anno, dal momento che sia i genitori di Lara sia suo fratello Luigi con la famiglia vivevano lì—la pizza con Lionhill presso l'Antica Pizzeria Est Est Est di via Genova era diventata un rituale ormai consolidato.

«*Let's go upstairs*[7]», disse il maggiore Young, aprendo la porta dell'edificio e invitando Lara e Lionhill a entrare. Brian rimase in piedi vicino alla Buick e, appoggiandosi con la schiena alla vettura, si accese una sigaretta.

***

L'interno dell'edificio era piuttosto spoglio. Un corridoio tinteggiato di bianco si estendeva per tutta la

---

[5] *Piacere di incontrarla, professor Lionhill. La stavamo aspettando.*
[6] *Piacere mio.*
[7] *Andiamo di sopra.*

lunghezza del lato lungo della "L", e su questo si affacciavano da entrambi i lati numerose porte, tutte di colore bianco. Sulle pareti erano affisse, a una distanza regolare di cinque o sei metri l'una dall'altra, grandi fotografie in bianco e nero di città degli Stati Uniti. In una di queste Lionhill riconobbe l'inconfondibile *skyline* di Manhattan, in un'altra la tortuosa Lombard Street di San Francisco, in un'altra ancora il Magnificent Mile di Chicago. Luci al LED sul soffitto illuminavano il corridoio, il cui pavimento in linoleum verde chiaro faceva pensare più a un ospedale che non a una sede diplomatica.

Young fece loro cenno di entrare in un moderno ascensore di metallo della portata massima di cinque persone, quindi entrò a sua volta e premette il tasto con il numero 2.

Lionhill sorrise tra sé. Pur trovandosi a oltre seimila chilometri dagli Stati Uniti, i funzionari dell'Ambasciata non avevano rinunciato a numerare i piani degli edifici secondo i criteri statunitensi, secondo i quali al piano terra viene assegnato il numero 1.

Usciti dall'ascensore, Young li guidò verso una porta chiusa, alla destra della quale era affissa sul muro una targhetta di plastica trasparente con la scritta "MEETING ROOM" sovrastata dal numero 26.

Young aprì la porta e li invitò a entrare. Due militari, un uomo e una donna, scattarono immediatamente in piedi. La donna si presentò come il tenente Alexia McDougall del Corpo dei Marines degli Stati Uniti. Minuta, non più alta di un metro e sessanta, capelli corvini e occhi scuri, mostrava indubbi lineamenti orientali, a dispetto del nome di origine scozzese. L'uomo, un metro e settantacinque centimetri circa, carnagione olivastra e capelli cortissimi di colore castano scuro, si chiamava invece Luciano Fernández, ed era un sergente.

Dopo un breve scambio di strette di mano—fortunatamente nessuna energica come quella del maggiore Young, notò Lionhill con sollievo—, Young esortò gli altri quattro ad accomodarsi intorno all'ampio tavolo di mogano posto al centro della sala.

La McDougall afferrò un telecomando nero che si trovava sul tavolo e comandò l'accensione di un proiettore appeso al soffitto. Le luci della sala automaticamente diminuirono di intensità e un grande schermo a parete, grande almeno due metri per due, comparve, accompagnato da un lieve ronzio, sulla parete di fronte alla porta d'ingresso. Raggiunta la posizione finale, lo schermo si arrestò e l'immagine di un grande anello di metallo venne proiettata su di esso.

«Come penso le abbia già accennato telefonicamente la dottoressa Mellini, quello che vede nella foto è l'oggetto che è stato rinvenuto ieri mattina dalla nave oceanografica *Destiny* nel Mar Egeo, circa due chilometri a sud-ovest dell'isola di Thira», esordì la McDougall, guardando Lionhill dritto negli occhi.

«Si tratta di un oggetto di metallo di forma toroidale del diametro di circa sessantatré pollici, ossia centossessanta centimetri. Come potete vedere, la superficie esterna è stata seriamente danneggiata a causa della lunghissima permanenza in acqua.»

«Siamo in grado di fornire una datazione approssimativa?» la interruppe Lionhill.

«Sì. Abbiamo sottoposto il reperto a un esame radiometrico a termoluminescenza che ne ha stimato l'età in circa 35-36 secoli. Abbiamo inoltre rilevato tracce di materiale piroclastico sulla sua superficie, il che avallerebbe l'ipotesi che la nave che lo trasportava possa essere affondata nel corso dell'eruzione di Thira verso la metà del secondo millennio avanti Cristo.»

«La cosiddetta Eruzione Minoica», aggiunse Lionhill. «Avvenuta a detta dei più tra il 1627 e il 1600 avanti Cristo, ebbe come epicentro l'isola di Strongili, meglio nota ai giorni nostri con il nome di Thira o Santorini. Gli studiosi stimano che il volume di materiale piroclastico eruttato dal vulcano possa essere stato di almeno sessanta chilometri cubici, più o meno il volume del Monte Everest. L'eruzione fu un evento colossale, tale da provocare il collasso della civiltà minoica, probabilmente a causa di tsunami di oltre trenta metri che devastarono la costa settentrionale dell'isola di Creta, nota all'epoca con il nome di Caphtor o Kaptara, come testimoniano antichi testi siriani risalenti al diciottesimo secolo avanti Cristo.»

«La stessa eruzione cui fa riferimento Platone nel Timeo e nel Crizia, dialoghi da cui ha avuto origine il mito di Atlantide», si inserì Lara.

«Esatto, Lara! Anche se i più reputano Atlantide nulla più che un mero mito, utilizzato da Platone per le sue invettive contro la corruzione e la cupidigia degli uomini, l'Eruzione Minoica è un fatto storico documentato.»

«E-ehm», la McDougall si schiarì la gola per attirare l'attenzione. «Posso continuare?»

«Mi scusi», rispose Lionhill, abbassando lo sguardo, mortificato.

«Come dicevo», continuò la McDougall, «la superficie *esterna* del reperto è stata fortemente danneggiata. La buona notizia è che ciò che vedete sullo schermo non è altro che un involucro protettivo. La scoperta più interessante è ciò che abbiamo trovato al suo interno.»

La McDougall premette un tasto sul telecomando e una seconda foto venne proiettata sullo schermo. Lionhill si sporse in avanti, i palmi delle mani a stringere il bordo del grande tavolo di mogano, gli occhi sgranati fissi sul grande anello di metallo a sezione quadrata proiettato sullo schermo.

«Lo stato di conservazione... è... eccezionale», balbettò Lionhill, incredulo.

«Sì, l'involucro esterno, dello spessore di oltre un centimetro, ha contribuito a proteggerlo dalla corrosione. Considerato quanto a lungo è rimasto sott'acqua, l'anello è in ottime condizioni.»

«È una scoperta straordinaria», mormorò Lionhill, senza distogliere lo sguardo dallo schermo.

«Immagino che la dottoressa Mellini le abbia già detto dei simboli incisi sull'involucro esterno», proseguì la McDougall, premendo nuovamente un tasto sul telecomando. Un ingrandimento di una porzione dell'involucro esterno, la stessa che aveva catturato l'attenzione di Kostas Panagiotis il giorno prima, venne proiettato sullo schermo.

«Come lei sa, professore, questi cinque simboli costituiscono la prima "parola", se tale la possiamo definire, del lato A del Disco di Festo.»

Rinvenuto nel 1908 dall'archeologo italiano Luigi Pernier in un palazzo Minoico a Phaistos (Festo in italiano), sull'isola di Creta, e oggi conservato nel Museo Archeologico di Heraklion, il Disco di Festo è un disco di terracotta di circa quindici centimetri di diametro e poco più di un centimetro e mezzo di spessore risalente al

40

secondo millennio avanti Cristo. Entrambi i lati del disco sono incisi con una spirale di simboli, per un totale di 242 simboli a formare 61 "parole", 31 sul lato A e 30 sul lato B.

«Nel 1992», continuò la McDougall, «lei ha pubblicato un articolo sulla rivista *Mediterranean Archaeology* in cui avanza un'ipotesi piuttosto... come dire... *audace*, professore.»

La McDougall si interruppe un istante, sfilò una cartellina azzurra da una ventiquattrore di pelle nera, e ne estrasse un fascio di fogli che posò al centro del grande tavolo di mogano.

«Ecco il suo articolo, professor Lionhill. Ci potrebbe fare una sintesi della sua ipotesi?»

Lionhill tacque per qualche istante, guardando negli occhi, a turno, i due uomini e le due donne che sedevano con lui intorno al tavolo. A parte il lieve ronzio del condizionatore d'aria, nella sala regnava un silenzio assoluto, gravido di attesa.

«La mia ipotesi», esordì infine Lionhill, «è che l'anello sia un portale, e che il Disco di Festo contenga la password per attivarlo.»

3

Un furgone Fiat Ducato di colore bianco svoltò su viale Fiorello La Guardia, lasciandosi alle spalle l'ottocentesca Fontana di Esculapio, e risalì il colle del Pincio superando, sulla sinistra, il pittoresco laghetto di Villa Borghese e il Silvano Toti Globe Theatre, fedele riproduzione dell'omonimo teatro *open-air* shakespeariano. Raggiunta la rotonda di piazzale delle Canestre, il furgone percorse viale San Paolo del Brasile, costeggiando sulla destra il Galoppatoio di Villa Borghese, e si immise quindi in via Vittorio Veneto passando attraverso uno dei fornici di Porta Pinciana.

Simbolo della dolce vita romana a cavallo tra gli anni Cinquanta e Sessanta del Novecento, e resa celebre dal film *La Dolce Vita* di Federico Fellini, via Veneto era stata ribattezzata via Vittorio Veneto nel 1919 per celebrare la vittoria italiana contro le truppe austro-ungariche nella battaglia di Vittorio Veneto del 1918.

Il Ducato si lasciò sulla destra l'*Harry's Bar*, uno dei numerosi caffè di tendenza risalenti al periodo della Dolce Vita, e, percorso un centinaio di metri, svoltò a sinistra all'angolo con l'Hotel Westin Excelsior e si immise in via Boncompagni, fermandosi davanti a un cancello di ferro battuto grigio pochi metri prima dell'incrocio con via Lucullo.

L'uomo al volante premette il pulsante che azionava l'apertura elettronica del finestrino e porse al *marine* di stanza al cancello il proprio tesserino di riconoscimento e quello dell'uomo che gli sedeva accanto.

Qualche istante dopo, con un cenno di intesa, il *marine* restituì i documenti al guidatore, e gli fornì brevi istruzioni su dove parcheggiare il furgone e dove consegnare il carico.

Capelli a spazzola così biondi da sembrare bianchi, corto pizzetto a metterne in risalto la mascella volitiva, e occhi azzurri coperti da un paio di occhiali da sole Ray-Ban Aviator, l'ingegner Max Watney, seduto sul sedile del passeggero del furgone, estrasse dalla tasca interna del blazer blu scuro il suo iPhone 11 e selezionò uno dei numeri della rubrica. Una voce rispose prima del secondo squillo.

«Stiamo entrando», disse Watney, e, senza aspettare una risposta, chiuse la comunicazione.

Il furgone parcheggiò accanto a una Buick nera. I due uomini uscirono dalla cabina e aprirono i due portelli posteriori del veicolo, estraendone una cassa metallica grigia di circa ottanta centimetri per sessanta, che trasportarono con l'aiuto di un carrello a due ruote verso l'ingresso dell'edificio a due piani di fronte a loro.

***

«L'ingegnere della NASA[8] è arrivato», sentenziò l'Ambasciatore Harlan, infilandosi lo smartphone nella tasca posteriore dei calzoni *slim fit* di cotone del suo completo Armani grigio antracite.

Un uomo di mezz'età seduto sulla poltrona di velluto blu alla sua sinistra gli rivolse un cenno di assenso col

---

[8] National Aeronautics and Space Administration.

capo.

«In perfetto orario, molto bene», disse. «Si assicuri che il Rover venga assemblato quanto prima e sia pronto per l'utilizzo non appena il professore avrà individuato la sequenza corretta.»

«Sarà fatto, signor Morlock. Lasci fare a me», concluse Harlan, uscendo dalla stanza e chiudendo la porta dietro di sé.

4

Lionhill manovrò con mosse esperte il *joystick* della sedia a rotelle e, scostatosi dal grande tavolo di mogano, si avvicinò allo schermo. Estratto un puntatore laser dalla tasca sinistra della giacca, lo puntò sul primo dei cinque simboli, sul quale venne proiettato un puntino rosso brillante.

«La cosiddetta TESTA PIUMATA è il simbolo più frequente sul Disco di Festo. Tra lato A e lato B vi compare ben diciannove volte, e sempre a inizio parola, ammesso che i simboli vadano letti in senso orario dall'esterno della spirale verso l'interno. Nel mio articolo del '92 avanzo l'ipotesi che la testa piumata possa essere in realtà una testa *coronata*, e che quindi il simbolo indichi un sovrano.»

La McDougall e Young si scambiarono una rapida occhiata, cui la McDougall fece seguire un lieve movimento del capo in cenno di assenso. Lionhill aggrottò lievemente la fronte, perplesso, poi continuò.

«Il secondo simbolo, il cosiddetto SCUDO, compare diciassette volte sul disco, dodici delle quali immediatamente dopo la TESTA PIUMATA. Io penso che lo scudo non sia nient'altro che il disco stesso. Il fatto che nella maggioranza dei casi la testa piumata preceda immediatamente lo scudo starebbe a indicare come l'uso del disco fosse di norma riservato al sovrano.»

«Il terzo simbolo», proseguì Lionhill puntando il laser sul simbolo centrale della sequenza, «è noto come la CLAVA. Tuttavia, potrebbe rappresentare anche una porta vista di lato. Alla luce di quanto ritrovato ieri, il simbolo potrebbe indicare proprio l'anello di metallo.»

«Il quarto simbolo è il PEDESTRE, ossia un uomo nell'atto di camminare o marciare. Il PEDESTRE compare undici volte sul Disco di Festo, su entrambi i lati. In cinque occasioni, tra cui quella che vedete sullo schermo, il pedone cammina verso la CLAVA, ossia verso quello che potrebbe essere l'anello.»

«Il quinto e ultimo simbolo, noto come il BOOMERANG, compare dodici volte sul disco, e in due di queste è preceduto dal PEDESTRE e dalla CLAVA. La mia ipotesi è che il boomerang indichi l'estrema rapidità dello spostamento.»

«Riassumendo, la sequenza di simboli che vedete sullo schermo potrebbe significare che il sovrano, mediante l'uso del Disco di Festo, è in grado di effettuare spostamenti estremamente rapidi attraverso l'anello.»

Lionhill tacque, in attesa di domande.

«Sta parlando di *teletrasporto*, professore?» chiese Fernández dopo qualche secondo.

«È una possibilità, sì», rispose cauto Lionhill.

Fernández sostenne lo sguardo del professore, poi rivolse gli occhi alla McDougall, facendole un cenno col capo. Quest'ultima afferrò nuovamente il telecomando, e l'anello, questa volta ripreso di lato, apparve sullo schermo.

«Quello che vedete, signori», esordì la McDougall, «è il lato sinistro dell'anello, in tutta la sua interezza. Come potete notare, a intervalli regolari di circa quarantacinque centimetri, l'anello presenta delle nicchie di circa sette centimetri per sette.»

«I cerchi verticali che compaiono sul simbolo della CLAVA nel Disco di Festo...» commentò Lionhill.

«Esatto. In totale, lungo la circonferenza, si contano nove nicchie, ciascuna delle quali alloggia un cubo di metallo di circa cinque centimetri di lato in grado di ruotare intorno a un perno coassiale con la circonferenza dell'anello.»

Lionhill non riusciva a distogliere lo sguardo dallo schermo, con gli occhi sgranati e l'espressione incredula ed estasiata di un bambino che ha appena scorto i pacchetti dei regali sotto l'albero di Natale la sera della vigilia.

«Ciascuno dei nove cubi», continuò la McDougall, «presenta dei simboli incisi su quattro delle sei facce, un simbolo su ciascuna faccia. Le due facce attraversate dal perno non sono incise.»

«È la password...» sussurrò Lionhill, giocando nervosamente col cinghino dell'orologio S. Oliver.

«Sì, pensiamo che i cubi, ruotati nella giusta posizione, vadano a formare una sequenza di simboli in grado di attivare l'anello.»

«Quindi è per questo che mi avete fatto venire qui», concluse Lionhill. «È perché sperate che io possa dirvi qual è la sequenza giusta.»

«Esatto professore. Nove cubi, quattro facce per cubo. Le possibili sequenze sono quattro elevato alla nona potenza, ossia più di duecentomila. Troppe, per essere provate manualmente una alla volta. Senza contare il fatto che l'anello potrebbe anche disporre di un meccanismo di autodistruzione nel caso in cui venisse immessa una sequenza errata.»

La McDougall tacque per un istante poi, guardando Lionhill dritto negli occhi, concluse: «Lei, professore, è l'unico in grado di interpretare i simboli sui cubi e trovare la sequenza corretta.»

«Per riuscirci, avrei quantomeno bisogno delle foto dei cubi e dei simboli sulle facce di ciascuno di essi.»

«Oh, se è solo per questo, professore, può osservarli con i suoi occhi», ribatté la McDougall con un largo sorriso.

«L'anello è qui?» chiese stupito Lionhill.

«Siamo a conoscenza della sua avversione al volo, professore. Come si dice in questi casi? *"Se la montagna non viene a Maometto, allora Maometto va alla montagna"*, giusto? L'anello si trova nella stanza esattamente sotto di noi. Un elicottero UH-60 Black Hawk della U.S. Air Force lo ha trasportato da Santorini all'aeroporto di Ciampino questa mattina.»

5

Le porte dell'ascensore si aprirono, accompagnate da un segnale sonoro e da una voce femminile registrata che annunciava in tono piatto l'arrivo al *first floor*.

Il maggiore Young uscì dalla cabina e fece strada lungo il corridoio, seguito dal professor Lionhill, la cui sedia a rotelle veniva premurosamente spinta da Lara. La McDougall e Fernández chiudevano il quintetto.

Young si diresse a passo deciso verso una delle porte bianche che si affacciavano lungo il corridoio e, raggiuntala, strisciò il proprio tesserino identificativo nel lettore magnetico sottostante la maniglia. Una luce verde sul lettore e uno scatto metallico segnalarono lo sblocco della serratura, e Young ruotò con vigore in senso orario il pomello della porta. Un soldato, seduto dietro una scrivania a sinistra della porta d'ingresso, scattò sull'attenti non appena il maggiore Young varcò la soglia.

Young raggiunse il centro della stanza, quindi, voltandosi indietro per incontrare lo sguardo di Lionhill, esclamò: «Eccolo qui, professore», indicando con un gesto fluido del braccio destro l'anello di metallo che si stagliava scuro contro la parete bianca opposta alla porta d'ingresso.

Lionhill sollevò l'avambraccio sinistro per segnalare a Lara di fermarsi, e rimase qualche istante in silenzio contemplando l'antico reperto che si ergeva verticale di fronte a loro.

La forma era quella di un gigantesco ferro di cavallo piuttosto che di un anello, con un'apertura di circa mezzo metro in corrispondenza della base.

Lionhill fece cenno a Lara di lasciare le maniglie di spinta della sedia a rotelle e, con pochi ma esperti tocchi sul *joystick* di manovra, si avvicinò frontalmente all'anello, fermandosi a pochi centimetri da questo.

Con la mano destra sfiorò delicatamente la superficie del manufatto, quasi con timore reverenziale. L'involucro protettivo l'aveva conservato in modo pressoché perfetto, nonostante i tanti secoli di permanenza in fondo al mare. La superficie dell'anello, a parte gli inevitabili segni del tempo, si presentava sostanzialmente levigata. Lionhill strinse gli occhi, perplesso nel constatare la quasi totale assenza di corrosione.

Il professore si spostò quindi sul lato sinistro dell'anello, e protese il busto in avanti in modo da avvicinare gli occhi alla prima delle nove nicchie, in basso.

«Ho bisogno di una torcia e di uno specchietto da dentista», chiese, rivolgendosi al maggiore Young.

«March, *get him a flashlight and a dental mirror*[9]», ordinò il maggiore Young al soldato che era scattato sull'attenti al loro ingresso nella stanza.

Il giovane, un ventenne della Carolina del Nord alto e dinoccolato, capelli rossi tagliati a spazzola, carnagione chiarissima punteggiata da lentiggini e occhi grigio-azzurri, scattò nuovamente sull'attenti e con solerzia lasciò la stanza per eseguire l'ordine ricevuto.

Mentre nella stanza dell'anello regnava un silenzio carico di aspettative, il rumore degli stivali di March risuonò in corridoio per qualche istante affievolendosi sempre più fino a sfumare nel nulla.

---

[9] *Procuragli una torcia e uno specchietto da dentista.*

Un paio di minuti dopo, il rumore di passi riprese in un costante crescendo, finché March riapparve sulla soglia con una torcia Streamlight 74751 Strion nella mano destra e uno specchietto da dentista di marca Candure in quella sinistra.

March scattò nuovamente sull'attenti e, nonostante il maggiore Young fosse a non più di un metro da lui, urlò: «*Sir, the flashlight, sir! Sir, the mirror, sir!*». Porse i due oggetti al maggiore Young mantenendo lo sguardo fisso di fronte a sé, senza mai guardare negli occhi il superiore.

Lionhill non poté fare a meno di lasciarsi scappare un sorriso. Il modo in cui il soldato March reagiva agli ordini gli ricordava il vice-caporale Dawson di *Codice d'Onore*, film con Tom Cruise, Demi Moore e Jack Nicholson che Lionhill adorava.

Young ricevette torcia e specchietto da March e li porse a Lionhill.

«A lei, professore.»

«Grazie», rispose Lionhill, rivolgendo un cenno col capo a March, che però continuò a fissare impettito il muro di fronte a sé, per poi tornare a sedersi dietro la scrivania una volta ricevuto l'ordine di riposo dal maggiore Young.

Lionhill si avvicinò nuovamente alla prima delle nove nicchie e osservò la faccia del cubo rivolta verso l'esterno.

«Il simbolo del GIGLIO», disse. Quindi inserì lo specchietto da dentista nella fessura larga circa un centimetro tra cubo e lato destro della nicchia, e puntò la torcia accesa verso la fessura.

Lionhill spostò e ruotò più volte lo specchietto nella fessura, esaminando con estrema attenzione il simbolo inciso sul lato destro del cubo. «Il GUANTO», annunciò infine, dopo circa un minuto.

Lionhill si girò verso Lara, in piedi a un metro circa

dietro di lui, e le disse: «Lara, ho bisogno che tu prenda un pezzo di carta e che annoti quali simboli sono incisi su ciascun cubo. Vorrei che tu creassi una matrice nove per quattro, con i nove cubi come righe e le quattro facce di ciascuno di essi come colonne. Vediamo di capire che relazione c'è tra simboli, facce e cubi.»

«Subito, Guido!» ribatté prontamente Lara. Quindi, rivolta a Young, chiese: «Maggiore, potrei avere dei fogli e una paio di penne?»

«March, *get them some letter-size sheets and a couple of pens!*[10]» abbaiò Young.

«*Yes, sir!*» replicò March, scattando sull'attenti e fiondandosi fuori dalla stanza alla ricerca di carta e penne. Lionhill scosse lievemente la testa, Lara sorrise.

Un paio di minuti dopo March tornò con due penne *Paper Mate* e una risma di fogli in formato "lettera", leggermente meno alti e più larghi del formato standard A4 comunemente usato in Europa.

Lara afferrò un foglio e una penna e chiese a March di alzarsi per farla sedere alla scrivania. March guardò smarrito il maggiore Young in cerca di approvazione e, a un cenno di quest'ultimo, scattò in piedi e si scostò dalla scrivania, cedendo il posto a Lara.

Lara si mise comoda, regolò la poltroncina all'altezza desiderata, quindi tracciò una griglia di dieci linee orizzontali e cinque verticali, e scrisse GIGLIO e GUANTO nelle prime due caselle della prima riga.

«Okay, Guido. Giglio e guanto. Sei già riuscito a individuare il terzo simbolo?»

Lionhill, la fronte imperlata di sudore, armeggiava da un paio di minuti con torcia e specchietto nel tentativo di scoprire quale simbolo fosse inciso sul retro del primo

---

[10] *Procura loro dei fogli formato lettera e un paio di penne.*

52

cubo.

«La STRISCIA ONDEGGIANTE», rispose qualche istante dopo, asciugandosi la fronte col retro della mano destra.

«La STRISCIA ONDEGGIANTE», ripeté Lara, scrivendo le due parole nella terza casella della prima riga. «Tre simboli ce li abbiamo, ne mancano solo altri trentatré», aggiunse con un sorriso.

«Vi lascio lavorare», sentenziò il maggiore Young. «Qualunque cosa vi dovesse servire, March resterà qui con voi. Chiamatemi immediatamente quando avrete individuato la sequenza».

Young uscì dalla stanza, seguito da Fernández e dalla McDougall.

«Il PRIGIONIERO», esclamò Lionhill qualche istante dopo, concentrato a esaminare il quarto simbolo del primo cubo, inciso sul lato sinistro di quest'ultimo.

«Il PRIGIONIERO», ripeté Lara. «È già uscita la LUNA NERA[11]?»

«Come, scusa?» chiese Lionhill, corrucciando la fronte e girandosi verso Lara.

«Nulla, scherzavo», ribatté Lara, sorridendo tra sé.

Lionhill era già intento a esaminare il secondo cubo.

---

[11] Il riferimento è alla carta sfortunata del programma televisivo *La Zingara*, andato in onda su RaiUno tra il 1995 e il 2002.

6

John Morlock, direttore del dipartimento Science and Technology della CIA, guardava distrattamente dalla finestra del secondo piano i clienti che affollavano i tavolini all'aperto dell'*Hard Rock Cafe* sul lato opposto di via Veneto.

Aperto nel 1998, l'*Hard Rock Cafe* di Roma, uno dei circa duecento ristoranti tematici del genere sparsi per il mondo, fungeva da richiamo tanto per i turisti di passaggio quanto per i suoi fan romani, attratti dalla sua serie di gadget e souvenir—tra i quali la celebre maglietta bianca con il marchio e la città dell'*Hard Rock Cafe*—, ma soprattutto dalla collezione di memorabilia appartenuti a celebrità della musica e dello spettacolo.

Il sole splendeva alto nel cielo blu, e una manciata di nuvole bianche si spostava pigramente sospinta dal lieve vento di ponente.

Morlock, 47 anni, capelli lievemente brizzolati pettinati con cura all'indietro mediante l'uso di una quantità eccessiva di gel, occhiali con montatura a giorno e lenti fotocromatiche a nascondere gli occhi grigi piccoli e penetranti, si trovava a Londra per un incontro di lavoro quando, nel tardo pomeriggio del giorno prima, aveva ricevuto una telefonata che lo aveva indotto a imbarcarsi sul primo aereo in partenza da Heathrow per Roma.

Atterrato a Fiumicino alle 20:53, aveva trovato una macchina dell'Ambasciata ad attenderlo all'uscita degli arrivi. Alle 21:37 aveva raggiunto l'Ambasciata degli Stati Uniti, dove il maggiore Young aveva provveduto a informarlo dettagliatamente su quanto rinvenuto al largo di Santorini e sulle possibili implicazioni di tale scoperta.

Un paio di colpi secchi alla porta annunciarono l'arrivo di Young, che, un istante dopo, apparve sulla soglia.

«*Sir*, il professor Lionhill è nel laboratorio e sta esaminando l'anello», esordì Young, battendo rumorosamente i tacchi.

Una grande scrivania in legno di quercia lo separava da Morlock, immobile in piedi davanti alla finestra, il palmo della mano sinistra a racchiudere la mano destra dietro la schiena.

«Lei ripone molta fiducia in quest'uomo, maggiore», disse Morlock senza voltarsi, continuando a osservare il viavai di persone e veicoli lungo via Veneto.

«So che non è stato facile convincere le autorità greche ad autorizzare il trasporto dell'anello a Roma, ma sono convinto che sia stata la cosa più giusta da fare. Il professor Lionhill è uno dei massimi esperti mondiali di archeologia classica e il suo articolo del 1992 sul Disco di Festo è l'unico sino ad ora ad aver avanzato l'ipotesi di un legame tra il disco e un portale. Se c'è una persona in grado di trovare la sequenza di attivazione, quella persona è il professor Lionhill.»

«Ha fatto domande sul materiale dell'anello?» domandò Morlock, voltandosi e fissando intensamente gli occhi di Young.

«No, *sir*. Finora, nessuna domanda. Non credo si sia ancora reso conto di che materiale sia.»

«Bene. Quindi è lecito supporre che il professore non

55

abbia ancora capito di che tipo di portale potrebbe trattarsi.»

«Non credo, *sir.*»

«Mi avvisi se ci sono novità, maggiore», concluse Morlock, voltandosi nuovamente verso la finestra.

«*Yes, sir!*» rispose Young e, battendo nuovamente i tacchi, si congedò, lasciando la stanza.

7

«Eppure deve esserci uno schema, una qualche logica dietro la disposizione di questi simboli, Santa Cleopatra!» sbottò Lionhill, frustrato.

Le operazioni di lettura dei simboli sui nove cubi avevano richiesto più di un'ora. La difficoltà di leggere i simboli sulle facce laterali e, soprattutto, sul retro dei cubi, unita al timore di attivare un potenziale meccanismo di autodistruzione dell'anello in caso di rotazione accidentale di uno dei cubi, avevano richiesto attenzione e pazienza. Lara aveva sostituito Lionhill nell'analisi dei cubi disposti lungo la parte superiore dell'anello, fuori dalla portata del professore a causa del suo handicap. Poco prima di mezzogiorno, finalmente, i trentasei simboli erano stati individuati e trascritti nella matrice nove per quattro.

«Sono più di cinque ore che ci spacchiamo la testa, ma non abbiamo ancora trovato nulla che abbia senso», ribatté Lara, sconsolata.

«Beh, se Young non telefonasse ogni mezz'ora per controllare se abbiamo fatto progressi, forse potremmo concentrarci di più...»

In quel momento il cellulare di March squillò nuovamente e le note del singolo di Em Rossi *Earthquake* usato come suoneria si diffusero nella stanza.

«*Aridaaajeee*!» sbuffò Lionhill, passandosi entrambe le mani tra i capelli.

«*Any progress?*[12]» chiese March per l'ennesima volta nelle ultime ore.

«Chiedi a Young di farci portare dal bar *Doney* due bei caffè, *espressi*»—Lionhill calcò volutamente sulla parola *espressi* per non correre il rischio di vedersi consegnato per errore un caffè americano. «Il mio in vetro, leggermente lungo, macchiato freddo, con mezzo cucchiaino di zucchero. Per la signorina, macchiato caldo con un cucchiaino di zucchero di canna, grazie. Tutto chiaro, *vice-caporale Dawson*?»

«*Yes, sir!*» rispose prontamente March, scattando sull'attenti. «*But my name is March, sir! And I am not a Lance Corporal, sir!*[13]» aggiunse, gridando.

«*Ce lo so, sir!*» rispose Lionhill, mentre March usciva dalla stanza.

«Sei stato perfido, Guido», lo rimproverò Lara, non riuscendo però a trattenere un sorriso.

«*Ce lo so, madam!*» ribatté Lionhill, sorridendole a sua volta.

«Adesso che ci siamo liberati per un po' del *sellerone*[14], cerchiamo di fare il punto della situazione», disse Lionhill, avvicinando le mani alla bocca e unendo i polpastrelli della mano destra a quelli della mano sinistra, le punte degli indici a toccare il labbro inferiore.

Tacque per qualche istante, raccogliendo le idee, poi riprese. «Ricapitolando: l'anello ha nove nicchie con un cubo di metallo in ciascuna di esse. Quattro delle sei facce di ciascun cubo sono incise, per un totale di trentasei

---

[12] *Qualche progresso?*
[13] *Ma il mio nome è March, signore! E non sono un vice-caporale, signore!*
[14] Persona molto alta e magra. Deriva da *sellero*, il sedano in romanesco.

simboli.»

Lionhill allungò la mano destra per afferrare la matrice nove per quattro che Lara aveva diligentemente riempito con i trentasei simboli incisi sui cubi, quindi proseguì: «Tutti i simboli incisi sui cubi compaiono anche sul Disco di Festo, e tre di essi, la NAVE, l'ELMO e la PELLE, sono ripetuti due volte ciascuno sui cubi. Il Disco di Festo conta un totale di quarantacinque simboli distinti. Di conseguenza, dodici di questi non compaiono sui cubi.»

Giglio	Guanto	Striscia Ondeggiante	Prigioniero
Freccia	Piccola Ascia	Tonno	Corno
Nave	Arco	Testa Tatuata	Elmo
Papiro	Gatto	Coperchio	Fionda
Bambino	Vite	Pelle	Platano
Dolium	Pedestre	Colino	Scudo
Elmo	Manette	Testa Piumata	Piccone
Pelle	Grattugia	Pettine	Donna
Ariete	Nave	Colonna	Aquila

«Esatto. I dodici simboli che sono sul disco ma non sui cubi sono la TIARA, la CLAVA, la SEGA, il BOOMERANG, il PIANO DA FALEGNAME, l'ALVEARE, la ZAMPA DI TORO, la COLOMBA, l'APE, la ROSETTA, il POSTERIORE DI BUE, e il FLAUTO», lesse Lara da un foglio di appunti.

«Il Disco di Festo consta di sessantuno "parole", per così dire, trentuno sul lato A e le restanti trenta sul lato B.»

«E la prima delle parole del lato A è quella composta dai cinque simboli incisi sull'involucro protettivo dell'anello», aggiunse Lara.

«Quindi, se non considerassimo la prima parola del lato A, resteremmo con trenta parole per lato. Abbiamo pertanto trentatré simboli distinti sui cubi, e trenta parole su ciascun lato del Disco di Festo.»

«Dei trentatré simboli sui cubi, però, la TESTA PIUMATA, il PEDESTRE e lo SCUDO sono incisi anche sull'involucro esterno. Se li escludessimo, rimarremmo con trenta simboli sui cubi, esattamente lo stesso numero di parole su ciascuno dei lati del disco», osservò Lara.

«Interessante congettura... Stai insinuando che possa esserci una corrispondenza univoca tra i trenta simboli sui cubi e le trenta parole su ciascuno dei lati del disco...»

Lionhill armeggiò qualche istante con il suo smartphone, un Samsung A10, poi aggiunse: «Concentriamoci per il momento sul lato A. Questa è la trascrizione delle trentuno parole che vi sono incise, contrassegnate con i codici da A1 ad A31. La parola incisa sull'involucro esterno è quella contrassegnata col codice A1.»

Il professore porse a Lara lo smartphone, sul cui display compariva una matrice di simboli otto per quattro appena scaricata da Wikipedia. «In che modo assoceresti i trenta simboli sui cubi alle trenta parole da A2 ad A31?» chiese Lionhill.

Lara osservò la sequenza sul display dello smartphone per qualche secondo, accarezzandosi il mento con la mano sinistra, e scuotendo la testa di tanto in tanto.

«No, non va», esclamò infine, posando lo smartphone sulla scrivania. «Pensavo che potesse esserci un legame tra i trenta simboli sui cubi e i simboli iniziali delle trenta parole sul disco. Tuttavia, i trenta simboli sui cubi sono uno differente dall'altro, mentre i simboli iniziali delle trenta parole no. Tanto per fare un esempio, la TESTA PIUMATA è il simbolo iniziale di tredici delle trenta parole.»

(A1)	(A2)	(A3)	(A4)
(A5)	(A6)	(A7)	(A8) [.]
(A9)	(A10)	(A11)	(A12)
(A13)	(A14)	(A15)	(A16)
(A17)	(A18)	(A19)	(A20)
(A21)	(A22)	(A23)	(A24)
(A25)	(A26)	(A27)	(A28)
(A29)	(A30)	(A31)	

«Considerando invece i simboli finali di ciascuna parola sul disco, ci ritroveremmo con simboli che sui cubi non ci sono affatto, come il BOOMERANG, la ROSETTA, o l'APE», aggiunse Lionhill.

Il professore afferrò lo smartphone e, dopo un paio di agili tocchi sul *touchscreen*, lo porse nuovamente a Lara.

«Questa, invece, è la trascrizione delle trenta parole sul lato B, codificate da B1 a B30.»

Lara osservò con attenzione la nuova matrice otto per quattro visualizzata sul display dello smartphone, quindi scosse la testa, alzando gli occhi a incontrare quelli di Lionhill.

«No, niente da fare neanche con il lato B», concluse Lara, sconsolata. «Le iniziali delle parole non formano una sequenza di trenta simboli univoci. La TESTA PIUMATA è il simbolo iniziale di cinque parole e il GATTO di sei, tanto per fare un paio di esempi. E l'ELMO compare come simbolo finale in sei parole su trenta.»

61

Lara si alzò in piedi e cominciò a passeggiare su e giù per la stanza, riflettendo. Poi si rimise a sedere, gli occhi fissi sui fogli di appunti sparpagliati sulla scrivania di fronte a lei.

(B1)	(B2)	(B3)	(B4)
(B5)	(B6)	(B7)	(B8)
(B9)	(B10)	(B11)	(B12)
(B13)	(B14)	(B15)	(B16)
(B17)	(B18)	(B19)	(B20)
(B21)	(B22)	(B23)	(B24)
(B25)	(B26)	(B27)	(B28)
(B29)	(B30)		

«Mi manca l'aria...» sbottò Lionhill allargandosi il colletto della camicia con l'indice e il medio della mano destra. «Odio stare in una stanza senza finestre e con la porta chiusa.»

«A chi lo dici!» gli fece eco Lara. «Qui dentro c'è un'afa... credo che l'impianto di condizionamento non funzioni.»

«Come hai detto, scusa?» chiese Lionhill girandosi di scatto verso Lara, il lampo di un'intuizione negli occhi.

«Mi chiedevo se l'impianto di condizionamento funzionasse...»

«No, cos'hai detto *prima* di nominare l'impianto di condizionamento.»

«Ho detto che qui c'è un'afa terribile. Si soffoca!»

«Come ho fatto a non pensarci prima!» esclamò Lionhill battendo fragorosamente le mani, un sorriso compiaciuto a illuminargli il volto. «Afa... gli *hapax*! I simboli, cioè, che compaiono una volta soltanto sul Disco di Festo. Sono nove! E quanti sono i cubi sull'anello? Nove! Non può essere una coincidenza!»

Lara balzò in piedi, l'adrenalina in circolo.

«I nove *hapax* del Disco di Festo sono il PRIGIONIERO... primo cubo, quarta faccia... il BAMBINO... quinto cubo, prima faccia...», controllava Lara, il foglio con la matrice nove per quattro stretto tra le mani, la voce tremante per l'emozione, «l'ARCO... terzo cubo, seconda faccia... il PICCONE... settimo cubo, quarta faccia... il COPERCHIO... quarto cubo, terza faccia... l'ARIETE... nono cubo, prima faccia... la GRATTUGIA... ottavo cubo, seconda faccia...»

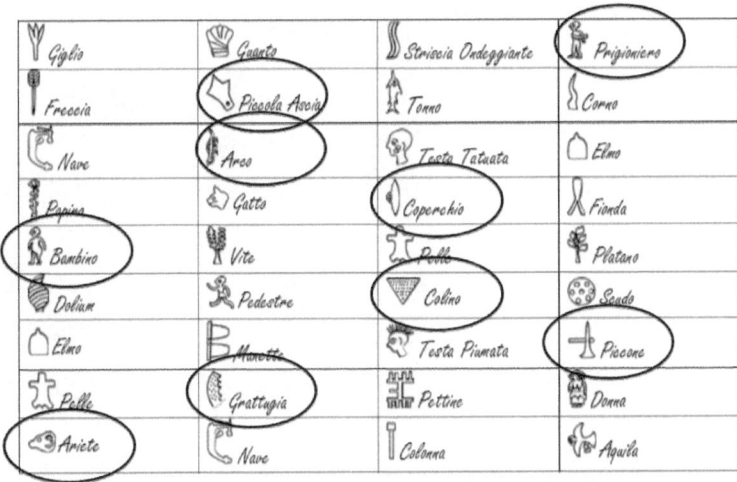

La bocca di Lionhill si allargò nel sorriso di chi sta per centrare la sestina vincente al Superenalotto.

«Il COLINO... sesto cubo, terza faccia... e, in ultimo, la PICCOLA ASCIA... secondo cubo, seconda faccia», concluse Lara, alzando gli occhi lucidi dal foglio a cercare quelli di Lionhill.

«PRIGIONIERO-PICCOLA ASCIA-ARCO-COPER-CHIO-BAMBINO-COLINO-PICCONE-GRATTUGIA-ARIETE... un simbolo per cubo, esattamente nello stesso ordine in cui sono incisi sul Disco di Festo, partendo dal lato A e proseguendo poi sul lato B... Abbiamo trovato la sequenza!»

8

Roma, Ambasciata degli Stati Uniti
Laboratorio
10 marzo 2022, ore 17:46

Lionhill, il gomito destro poggiato sul bordo sinistro della scrivania, sorseggiava compiaciuto il caffè di *Doney* che March gli aveva portato qualche minuto prima. Il solerte militare aveva soddisfatto l'ordinazione quasi alla perfezione: il caffè era leggermente lungo, con poco zucchero e in un bicchiere di vetro. Era macchiato caldo, e non freddo, come Lionhill aveva invece richiesto, ma non sarebbe stata certo la macchiatura errata di un caffè a intaccare il morale del professore quel giorno. Lionhill si sentiva a un passo da quella che avrebbe potuto essere ricordata come la più grande scoperta archeologica di tutti i tempi.

Young, Fernández e la McDougall si erano precipitati immediatamente nel laboratorio non appena March, tornato coi caffè di *Doney*, aveva telefonato al maggiore per comunicare che la sequenza era stata decodificata. Dal momento in cui March aveva terminato la chiamata all'istante in cui il maggiore Young aveva spalancato con foga la porta del laboratorio erano trascorsi esattamente quarantasette secondi, a detta dell'orologio *S. Oliver* al polso di Lionhill.

Fernández era intento a ruotare ciascuno dei nove cubi di metallo nella posizione corretta secondo la sequenza che Lara aveva trascritto su un foglio e che la McDougall comunicava, un simbolo dopo l'altro, al commilitone.

Fernández si avvaleva di un paio di tenaglie per vincere l'attrito inerziale dei cubi di metallo. Poi, una volta avviata la rotazione intorno al perno, il *marine* faceva attenzione che il cubo raggiungesse la posizione corretta evitando rotazioni parziali che avrebbero potuto innescare meccanismi di autodistruzione.

Young e Lara attendevano impazienti, in piedi di fronte all'anello, che tutti i cubi venissero ruotati correttamente. March era seduto dietro alla scrivania, gli occhi fissi sull'anello.

«Il prossimo è il PICCONE», lesse la McDougall. «Somiglia a una tromba posta in verticale e si trova sulla faccia sinistra del cubo.»

Fernández armeggiò qualche secondo con le tenaglie, poi, posatele a terra e afferrato il cubo con pollice e indice della mano destra, lo ruotò di novanta gradi.

«PICCONE in posizione. E con questo siamo a sette!» esclamò, spostandosi verso la nicchia successiva, seguito dalla McDougall.

«L'ottavo simbolo è la GRATTUGIA. Si trova sul lato destro», lesse la McDougall.

Una volta vinto l'attrito, l'ottavo cubo venne fatto ruotare di novanta gradi verso sinistra, e la faccia con inciso il simbolo della grattugia fu rivolta verso l'esterno.

Non appena l'ottavo cubo fu ruotato nella posizione corretta, si udì il rumore di un meccanismo metallico scattare all'interno dell'anello, e l'intero manufatto cominciò a vibrare, emettendo una leggera luce bluastra e un lieve ronzio.

«Cosa diavolo sta succedendo?» esclamò Fernández, ritraendosi istintivamente dall'anello e rinculando di un paio di passi.

«L'ultimo simbolo, l'ARIETE, è già nella posizione

corretta», commentò la McDougall, osservando la nona e ultima nicchia, sul lato destro inferiore dell'anello.

Un'intensa luce bianca si generò all'interno dell'anello, e tutti i presenti furono costretti a rivolgere bruscamente lo sguardo altrove, coprendosi gli occhi con le mani. Qualche istante dopo la luce scomparve e nella parte interna dell'anello si generò una sorta di membrana acquosa, simile a quella di una gigantesca bolla di sapone, attraverso la quale non si vedeva più il muro bianco alle spalle dell'anello.

«Il portale è attivo», sentenziò Lionhill, gli occhi lucidi per l'emozione.

9

Roma, Ambasciata degli Stati Uniti
Ufficio Privato dell'Ambasciatore
10 marzo 2022, ore 18:09

«Il varco è attivo», annunciò Morlock, seduto dietro la grande scrivania in legno di quercia, la cornetta del telefono Avaya 9680G stretta nella mano destra. Il sole era tramontato da poco e la stanza era immersa nella penombra, l'unico cono di luce quello emesso dall'antica lampada da tavolo sul lato destro della scrivania.

L'uomo all'altro capo del filo non mostrò né sorpresa né esitazione. «Procedete come concordato», ordinò.

«Sarà fatto», rispose Morlock, ma il suo interlocutore aveva già interrotto la comunicazione.

Morlock alzò lo sguardo verso Harlan, in piedi di fronte a lui.

«Chiami l'ingegner Watney e gli dica di farsi trovare con il Rover nel laboratorio tra cinque minuti esatti», disse e, afferrando una cartellina nera di pelle posta sul lato sinistro della scrivania, si alzò e si diresse verso la porta, mentre Harlan estraeva di tasca il suo smartphone e selezionava un numero dall'elenco delle chiamate recenti.

10

Lionhill osservava con la curiosità tipica dell'uomo di scienza il piccolo veicolo a sei ruote che i nuovi arrivati avevano portato con sé nella stanza e deposto sul pavimento a qualche decina di centimetri dalla membrana acquosa che ondulava lievemente all'interno dell'anello, come mossa da una leggera brezza.

I due uomini erano entrati qualche minuto prima e, dopo un rapido giro di presentazioni, si erano messi subito al lavoro. Il più alto dei due, che si era presentato come l'ingegner Watney, aveva subito preso posto dietro la scrivania, e, sollevati gli occhiali da sole oltre la fronte e collegato un computer portatile HP Z-Book al cavo Ethernet presente sulla scrivania, aveva iniziato a digitare febbrilmente una sequenza di comandi sulla tastiera.

L'altro uomo, di corporatura più massiccia e dai lineamenti spiccatamente mediorientali, si era presentato semplicemente come Josh e, dopo aver estratto il bizzarro veicolo da una cassa metallica grigia, lo aveva deposto delicatamente sul pavimento di fronte all'anello.

Aveva quindi estratto da una piccola scatola di cartone una gabbietta metallica con due topolini bianchi, e aveva successivamente agganciato la gabbietta a uno dei bracci metallici del Rover. I due topolini, che erano rimasti rannicchiati in un angolo della gabbietta—immobili—fino a quando Josh non si era allontanato, si erano fatti poi più audaci, e ora guardavano con curiosità gli umani circostanti, stringendo le barre della gabbietta con le zampette anteriori e arricciando ritmicamente il naso.

«Ci serviranno a esaminare se il passaggio attraverso il portale ha delle conseguenze su un essere vivente», disse Josh, indicando i topolini.

«Era quello che immaginavo. E che temevo, per quei due poveri topolini», aggiunse Lionhill.

«*Navcams* e *Hazcams* attive», sentenziò Watney, senza staccare gli occhi dal monitor del portatile.

«Le *Navigation Cameras*[15] e le *Hazard Avoidance Cameras*[16] sono le telecamere di cui il Rover dispone per orientarsi durante gli spostamenti e per localizzare e aggirare eventuali ostacoli», chiarì Josh, rivolgendosi a Lara e Lionhill.

«*REMS* attiva», annunciò Watney.

«La *Rover Environmental Monitoring Station*[17], o *REMS*, permette di misurare temperatura, umidità, pressione atmosferica, direzione e intensità del vento, e livelli di radiazione ultravioletta», spiegò Josh, dimostrandosi assai più loquace del collega.

«Se ho ben capito, questo veicolo è una versione in scala ridotta del Rover *Curiosity* usato dalla NASA per l'esplorazione di Marte, o sbaglio?» chiese Lionhill a Josh.

«Non sbaglia. Si tratta di una versione ridotta e molto semplificata, nonché molto meno costosa. Il *Curiosity* mandato su Marte nel 2011 è lungo tre metri e pesa quasi novecento chili. Il Rover qui presente ha una lunghezza di cinquantotto centimetri e un peso di soli quarantuno chili. Del resto, il *Curiosity* "marziano" è stato progettato per

---

[15] Videocamere di navigazione.
[16] Videocamere per l'evitamento di ostacoli.
[17] Stazione di monitoraggio ambientale del Rover.

una missione della durata di due anni e mirata prevalentemente all'analisi di campioni di terreno e rocce. La missione del nostro Rover sarà di soli cinque minuti e mirata quasi esclusivamente all'acquisizione di filmati video.»

«E nel caso in cui il Rover, una volta varcato l'anello, si trovasse di fronte a un muro, o un altro ostacolo?» chiese Lara.

«Come il *Curiosity* e altri Rover precedenti utilizzati dalla NASA, anche il nostro giocattolino dispone di algoritmi di Intelligenza Artificiale che consentono al veicolo di correggere autonomamente il proprio percorso in presenza di ostacoli. Disporre di veicoli a elevata autonomia è fondamentale nell'esplorazione di Marte, la cui distanza dalla Terra varia da un minimo di 54,6 a un massimo di 401 milioni di chilometri.»

«In sostanza, se il Rover venisse comandato in remoto dalla Terra, il segnale radio impiegherebbe troppo tempo», si inserì Lionhill.

«Esattamente», confermò Josh. «Se il Rover si trovasse di fronte a un ostacolo su Marte e lo comunicasse alla Terra, il segnale radio, pur viaggiando alla velocità della luce di trecentomila chilometri al secondo, impiegherebbe tra i tre e i ventidue minuti a raggiungere la Terra, a seconda della distanza relativa tra i due pianeti, e un tempo altrettanto lungo perché un'eventuale correzione di percorso trasmessa da un operatore potesse essere comunicata al Rover.»

«Controlli pre-missione completati», esclamò Watney, che nel frattempo aveva provveduto a eseguire un'ulteriore mezza dozzina di verifiche.

«Inviate il Rover attraverso il portale», ordinò un uomo con i capelli impomatati e gli occhiali con montatura a giorno, appena entrato nella stanza.

«Ai suoi ordini, *Mister* Morlock», ribatté Watney, digitando una serie di comandi sulla tastiera del portatile.

Il piccolo Rover avanzò lentamente verso l'anello, ne attraversò la membrana acquosa e scomparve nel nulla, come se non fosse mai esistito. E con esso i due topolini bianchi.

***

«Tre minuti», sentenziò Watney, gli occhi fissi sul suo Apple Watch che scandiva con precisione l'avanzare del tempo da quando il Rover aveva varcato la membrana acquosa dell'anello ed era scomparso.

«Il Rover è stato impostato per muoversi a una velocità di sessanta metri all'ora. Se non trova ostacoli che ne richiedano l'aggiramento, seguirà un percorso predefinito intorno all'anello di cinque metri e quaranta centimetri. Il che significa che il tempo minimo della missione è di cinque minuti e ventiquattro secondi», spiegò Josh a Lara e Lionhill.

«Quattro minuti», annunciò Watney. «Un minuto e ventiquattro secondi al *rendezvous*[18].»

L'attesa nella stanza si fece febbrile. Fatta eccezione per Watney, che a intervalli regolari scandiva l'avanzare dei minuti, e per le spiegazioni a bassa voce di Josh, nella stanza gravava un silenzio teso. Lionhill sentiva il cuore in petto accelerare i battiti. Tra pochissimo avrebbe finalmente trovato la risposta alla domanda che si era posto trent'anni prima: *cosa c'era al di là del portale?*

---

[18] *Appuntamento.*

«*Ten seconds, nine, eight...*[19]» iniziò a scandire ritmicamente Watney, alzando gli occhi dall'Apple Watch e fissandoli sulla membrana dell'anello. «*Four, three, two, one, zero!*[20]»

Nove paia di occhi fissavano la parte inferiore della membrana dell'anello, in attesa di veder comparire il Rover. La membrana continuò a vibrare lievemente, senza che nessun oggetto la attraversasse. Un lieve mormorio di delusione si diffuse nella stanza.

«*Five seconds after rendezvous*[21]», annunciò Watney in tono piatto, senza tradire preoccupazione o nervosismo.

«Probabilmente qualche grosso sasso o qualche altro ostacolo hanno causato un allungamento del percorso», sussurrò Josh a Lara e Lionhill con un sorriso tranquillizzante, alzando leggermente le spalle.

Lara diede un'occhiata a Morlock, che ne ricambiò lo sguardo. Lionhill li vide ed ebbe la netta sensazione che i due si conoscessero, nonostante quel giorno, almeno sino a quel momento, non avessero scambiato una sola parola né si fossero rivolti un cenno di saluto. Una serie di domande scomode cominciò a farsi strada nella mente del professore: *chi era l'ultimo arrivato, che Lara sembrava conoscere? Che rapporti aveva Lara con lui?* Ma soprattutto: *che uso avrebbero fatto dell'anello i militari?*

«*Thirty seconds after rendezvous*[22]», informò Watney che, a differenza dei più, continuava a mantenere una calma serafica.

Trascorse un'altra manciata di secondi finché la membrana acquosa venne improvvisamente squarciata in

---

[19] *Dieci secondi, nove, otto...*
[20] *Quattro, tre, due, uno, zero!*
[21] *Cinque secondi dopo l'appuntamento.*
[22] *Trenta secondi dopo l'appuntamento.*

due punti, e le due ruote anteriori del Rover si fecero strada sul pavimento di linoleum bianco, presto seguite dal resto del veicolo. I due topolini zampettavano nella gabbietta e apparivano in ottima salute.

Un grido di giubilo esplose nella stanza. Lara si chinò verso Lionhill per abbracciarlo, Fernández e la McDougall si scambiarono un *high-five*, Josh strinse i pugni e li sollevò davanti al viso, March scattò sull'attenti, Watney e Morlock si scambiarono un cenno di assenso, un lieve sorriso sulla bocca di entrambi, Young gonfiò il petto, pregustando il momento in cui gli sarebbe stata conferita un'ulteriore medaglia per l'ennesima missione portata a termine con successo.

Il Rover si fermò a circa trenta centimetri dall'anello e iniziò a trasmettere al computer di Watney i dati raccolti durante la missione.

«Ricezione dati meteo», annunciò Watney, osservando lo schermo del computer in cui una serie di *dashboard* visualizzava i dati meteorologici ricevuti dal Rover.

«Temperatura... diciassette gradi centigradi. Umidità... trentatré per cento. Pressione... 1016 millibar. Velocità del vento: sedici chilometri all'ora, da nord-est.»

«Almeno siamo sicuri che il nostro Rover non si è fatto una passeggiata su Marte», scherzò Josh. «Lì la pressione atmosferica al suolo varia tra i sette e gli undici millibar.»

«Latitudine... 41 gradi, 54 primi, 22 punto 284 secondi nord. Longitudine... 12 gradi, 29 primi, 35 punto 484 secondi est.»

Lionhill annotò i valori di latitudine e longitudine su un foglietto, corrugando la fronte. Estrasse quindi il suo Samsung A10 dalla giacca e digitò l'URL di un sito internet capace di visualizzare una qualunque coppia di valori di latitudine e longitudine su una comune mappa di Google Maps.

Mentre Watney riceveva le immagini video acquisite dal Rover e le proiettava sulla parete alla destra dell'anello mediante il *beamer*[23] montato sul soffitto della stanza, Lionhill visualizzò sul cellulare il punto cui corrispondevano le coordinate trasmesse dal Rover.

«Sono praticamente le coordinate di questo edificio, decimale più, decimale meno. Come se il Rover non si fosse mai allontanato da qui. Dove conduce il portale?» chiese Lionhill, pur immaginando la risposta.

«Come penso lei abbia già capito, professore», rispose Morlock con un ghigno supponente, «la domanda corretta potrebbe non essere *dove*, ma *quando*.»

***

«Ha mai sentito parlare della Supernova 1054, professore?» chiese Watney a Lionhill, mentre l'immagine ad altissima definizione di una porzione di cielo stellato veniva proiettata sulla parete.

«Se non sbaglio, è la supernova da cui ha avuto origine la Nebulosa del Granchio.»

«Esattamente. Si chiama così perché la sua esplosione, osservata all'epoca in Cina, Giappone e, probabilmente, Turchia, è avvenuta nell'anno 1054 dopo Cristo. Dia un'occhiata a questa immagine, professore.»

Watney estrasse un puntatore laser dalla tasca destra dei calzoni e indicò una porzione circolare di cielo stellato.

«Questa è la Nebulosa del Granchio», aggiunse.

Lionhill si avvicinò alla parete per vedere meglio.

---

[23] Proiettore.

Quindi aggrottò la fronte, perplesso. «Non vedo nessuna nebulosa.»

«Perché la Supernova 1054, nella foto scattata dal Rover, non è *ancora* esplosa.»

Watney tacque per qualche istante, dando a Lionhill il tempo per metabolizzare quanto gli era stato appena rivelato. Quindi aggiunse: «Altre quattro esplosioni di supernove sono state osservate nell'ultimo millennio, e sono certo che, se esaminassimo le porzioni di cielo corrispondenti, giungeremmo alle stesse conclusioni. Ma c'è un'altra foto che non lascia adito a ulteriori dubbi. Questa.»

L'immagine, dai toni verdastri tipici della visione notturna, era stata scattata dall'interno di un boschetto di pini marittimi. Sullo sfondo, al di là di bassi cespugli di alloro, si ergeva una muraglia alta forse una decina di metri.

«Ma sono... sono...» balbettò Lionhill, sbalordito, fissando con gli occhi sbarrati l'immagine proiettata sulla parete.

«Le Mura Serviane», si inserì Morlock, completando la frase per lui. «Intatte.»

Costruite secondo Tito Livio a partire dal 378 avanti Cristo in seguito al saccheggio di Roma perpetrato dai Galli Senoni di Brenno nove anni prima, le Mura Serviane si estendevano per circa undici chilometri. Resti delle mura sono visibili ancor oggi, per esempio tra via Salandra e via Carducci, in piazza dei Cinquecento, nell'area sotterranea dell'atrio della stazione ferroviaria di Roma Termini, nel giardino dell'Acquario Romano in piazza Manfredo Fanti, e a via di San Vito.

«Voi... sapevate?» chiese Lionhill, confuso. «Sapevate che l'anello è una macchina del tempo?»

«Lo sospettavamo», puntualizzò Morlock. Tacque per qualche secondo, come se ponderasse l'opportunità o meno di condividere l'informazione con Lionhill, poi continuò: «Immagino che lei sia rimasto sorpreso dall'ottimo stato di conservazione dell'anello, nonostante oltre trentasei secoli di permanenza in fondo al mare...»

«Sì. Ammetto di essere rimasto perplesso. Non ho notato alcuna traccia di corrosione sulla superficie dell'anello. L'involucro esterno lo ha protetto in modo davvero eccezionale.»

«È fatto di acciaio inossidabile.»

«Come, scusi?»

«L'anello. È fatto di acciaio inossidabile. È soprattutto per questo che non vi sono tracce di corrosione, o quasi.»

«Ma l'acciaio inossidabile è un'invenzione relativamente recente», obiettò Lionhill.

«Esatto. Fu scoperto dagli inglesi Woods e Clark nel 1872, e la sua industrializzazione ebbe inizio solo oltre quarant'anni dopo, nel 1913. Questo, caro professore, ci lascia due possibilità. La prima è che la civiltà minoica avesse raggiunto un tale grado di evoluzione tecnologica da essere in grado di produrre acciai inossidabili tremilacinquecento anni prima di Woods e Clark. Ipotesi non da escludere, volendo dar credito alle leggende di Atlantide come civiltà tecnologicamente avanzata. Ammesso e non concesso che Atlantide sia da identificarsi con l'isola di Santorini.»

«Mentre la seconda possibilità è che l'anello sia una macchina del tempo proveniente dal futuro», si inserì Lionhill a completare il ragionamento.

«Esattamente. E il suo articolo del '92 non si discosta molto da questa seconda ipotesi. Anche se lei, professore, ipotizzava un varco di tipo spaziale, non temporale.»

Lionhill tacque per qualche secondo, poi fece la domanda che Morlock si aspettava. «Cosa avete intenzione di fare adesso?»

«Per prima cosa, aspetteremo i risultati delle analisi mediche sui topolini. Se queste confermeranno che il salto temporale non ha avuto conseguenze sul loro organismo, passeremo alla fase successiva.»

«Ossia inviare degli esseri umani attraverso il portale», concluse Lionhill, anticipando nuovamente Morlock.

«Sì. Una volta appurato che non ci sono rischi per gli esseri viventi, è quello che abbiamo intenzione di fare», ammise Morlock.

«Ma i rischi ci sono eccome!» sbottò Lionhill. «Santa Cleopatra! Qui non stiamo parlando dei *Viaggi nel Tempo* di Geronimo Stilton[24] o della *Macchina del Tempo* di Topolino e Pippo[25]! Interferire col passato potrebbe avere conseguenze catastrofiche e irreparabili!»

«Siamo perfettamente consci dei rischi, professore», ribatté freddamente Morlock. «Ma siamo altresì consapevoli delle enormi opportunità che uno strumento di questo genere è in grado di offrire all'esercito degli Stati Uniti.»

«Esercito? Avete intenzione di usare l'anello come arma? Per fare cosa? Mandare un *cyborg* indietro nel tempo a uccidere la madre del vostro peggior nemico?[26]» ironizzò Lionhill, livido di rabbia.

«March, porti il professore nella suite degli ospiti. Cerchi di riposare, professore. Per questa notte sarà nostro

---

[24] Serie di libri per ragazzi scritti da Elisabetta Dami.
[25] Storie apparse sul settimanale a fumetti *Topolino* della Disney.
[26] Il riferimento è al film *Terminator* del 1984, in cui un cyborg viene inviato nel passato per uccidere Sarah Connor, madre di John, futuro leader della resistenza umana contro le macchine.

gradito ospite.»

«Ospite oppure ostaggio?» chiese caustico Lionhill, mentre March spingeva la sedia a rotelle fuori dalla stanza.

Parte Terza:
JULIANUS

Nulla enim alia re videmus populum Romanum orbem subegisse terrarum nisi armorum exercitio, disciplina castrorum usuque militiæ[27]

Publio Flavio Vegezio Renato, *Epitoma Rei Militaris* (Libro I)

---

[27] *Vediamo che il popolo romano ha sottomesso il mondo con nessun altro mezzo se non l'esercizio delle armi, la disciplina degli accampamenti e l'impiego della milizia.*

11

Roma, I secolo A. C. (data sconosciuta)

Publius Liburnius Julianus si svegliò di soprassalto, il cuore che gli batteva all'impazzata quasi volesse uscirgli dal petto. Col dorso della mano destra si asciugò le gocce di sudore che gli imperlavano la fronte, poi si stropicciò gli occhi, mettendosi a sedere sul materasso imbottito di lana. Girò la testa verso la piccola finestra, alla sua destra. Il sole non era ancora sorto. Dietro le lastre di mica l'oscurità avvolgeva l'Urbe.

Julianus si aggiustò il *subligar*, il perizoma di lino che gli avvolgeva le parti intime, si lisciò la tunica di lana, e si alzò dal letto, infilandosi i sandali. Si avvicinò al braciere per cercare un po' di tepore e scaldarsi le mani, quindi si versò un po' d'acqua in una coppa di vetro soffiato e la trangugiò tutta d'un fiato. Si sentiva la gola secca e la bocca impastata.

Nel suo incubo aveva rivisto Octavius e rivissuto gli orrori del Sabis[28]. Le immagini della battaglia, brutali e cruente, erano ancora nitide davanti ai suoi occhi. Erano passati tredici anni da allora, ma Julianus ricordava ogni dettaglio di quel giorno. Soprattutto non poteva dimenticare gli occhi di Octavius nel momento del

---

[28] Pierre Turquin, nel suo *"La Bataille de la Selle (du Sabis) en l'An 57 avant J.-C."* (*Les Études Classiques* 23/2, 1955, pagg. 113-156), ha dimostrato come il fiume Sabis indicato da Cesare come il sito dello scontro nei *Commentarii De Bello Gallico* sia da identificarsi con il fiume Selle in Piccardia piuttosto che con il Sambre.

trapasso, quando *Pluto*[29] l'aveva portato via con sé.

***

All'epoca era un diciottenne *miles*[30] della XII Legione, fiero di partecipare alla campagna di Gallia e di contribuire alla gloria di Roma sotto la guida del proconsole Gaio Giulio Cesare.

Otto legioni avevano marciato per tre giorni fino a raggiungere il fiume Sabis, al di là del quale erano accampate le tribù gallo-belgiche dei Nervi, dei Viromandui e degli Atrebati, guidate dal loro capo Boduognato.

Cesare aveva dato l'ordine di erigere il *castrum*[31] su un colle a poche centinaia di *pedes*[32] dalla sponda sinistra del fiume. Una volta tracciato il perimetro del campo, i legionari dell'VIII, della X e della XII Legione avevano iniziato a scavare il fossato, mentre quelli della VII, della IX e dell'XI erano stati incaricati di erigere il *vallum*, la palizzata di recinzione dell'accampamento.

Il cielo era nuvoloso, con grandi nuvole plumbee che si spostavano pigramente verso occidente, ma non sembrava esserci un'imminente minaccia di pioggia. Una leggera brezza portava verso il campo l'odore del legno dei faggi dei boschi circostanti. Una dozzina di allodole solcò il cielo, volando sopra di loro.

Julianus sorrise. «Allodole in volo verso ponente, è un segno fausto», disse rivolto a Octavius, mentre svuotava

---

[29] Plutone, dio dei morti e signore degli Inferi.
[30] *Soldato* (plurale: *milites*).
[31] *Accampamento.*
[32] Un *pes*, o piede, corrisponde a 29,64 centimetri.

l'ennesimo badile di terra, umida e appiccicosa.

«Ne sei certo?» chiese scettico Octavius. «Non sapevo tu fossi un *augur*[33]...»

Entrambi diciottenni, Julianus e Octavius erano cresciuti insieme sull'isola di *Crepsa*, nell'*Illyricum*, dove erano nati a distanza di sole tre settimane l'uno dall'altro. Figli entrambi di pescatori, si erano arruolati nell'esercito poco meno di due anni prima, quando a Cesare era stato affidato il proconsolato dell'*Illyricum*. I due giovani avevano pronunciato insieme il loro primo *sacramentum*, il giuramento solenne dei legionari, e avevano successivamente condotto a fianco a fianco prima il tirocinio e poi il durissimo addestramento militare.

Alti tutti e due poco più di un metro e sessanta centimetri, muscoli scolpiti da mesi e mesi di estenuanti allenamenti, capelli neri leggermente mossi e occhi marroni Julianus, capelli fulvi lisci e occhi verdi Octavius, i due giovani erano al loro primo scontro campale col nemico. Sebbene le forze in campo fossero decisamente sbilanciate a favore dei Galli, che erano più del doppio dei circa quarantamila legionari romani, nessuno dei due giovani dubitava che il ferreo addestramento, la straordinaria organizzazione, e la sagacia tattica del loro proconsole avrebbero permesso ai Romani di sbaragliare le orde barbariche.

Fu allora che decine di migliaia di barbari emersero urlando dai boschi sull'altra sponda del Sabis e scesero come un'onda di marea giù per la collina verso il fiume, accingendosi a guadarlo.

La confusione si impadronì del *castrum* romano. La maggior parte dei legionari, intenti a scavare il fossato o a

---

[33] Nel mondo classico romano, l'àugure era un sacerdote capace di predire il futuro dal volo, dal modo di cibarsi, e dal grido degli uccelli.

erigere il *vallum*, gettarono a terra in tutta fretta mazze e badili e si precipitarono a recuperare elmi e scudi. Il suono di tube, corni e buccine si distinse al di sopra delle urla dei barbari che correvano verso di loro. Vessilli vennero innalzati tra le fila romane a ribadire, in modo visivo, l'ordine di schierarsi in formazione di battaglia che le trombe impartivano in modo sonoro. Il sibilo dei fischietti e le grida dei centurioni risuonavano in tutte le direzioni, mentre i legionari si schieravano parallelamente al fiume, le centurie a formare i manipoli, i manipoli a formare le coorti, le coorti a formare le legioni[34], le legioni a formare un muro di giavellotti e scudi pronto a respingere l'orda barbarica che, guadato il fiume, si rovesciava su per la collina.

A Julianus i Galli apparvero enormi. La maggior parte di loro sovrastava i legionari romani di un'intera testa. I loro corpi seminudi erano adorni di collane e bracciali. Folte barbe e ispidi baffi, prevalentemente biondi o rossicci, ne coprivano il viso. Lunghi capelli, spesso schiacciati sotto elmi semisferici ornati di corna di bue, ricadevano sulle spalle larghe. Molti di loro indossavano pantaloni a strisce verticali di diverso colore, ed erano armati di lunghe spade o lance e grandi scudi ovali.

Gli Atrebati si scontrarono con la IX e la X Legione, posizionate sulla sinistra dello schieramento romano. I Viromandui diedero battaglia al centro con i legionari dell'VIII e dell'XI. La VII e la XII Legione, cui appartenevano Julianus e Octavius, erano schierate all'ala destra e si ritrovarono a fronteggiare i Nervi, la più numerosa delle tre tribù nemiche.

Le prime file di legionari della XII caddero, l'una dopo

---

[34] Due *centuriæ* formavano un *manipulus*, tre *manipuli* formavano una *cohors*, dieci *cohortes* formavano una *legio*.

l'altra, sotto i colpi dei barbari. Julianus stringeva forte il *gladius* con la mano destra e cercava riparo, per quanto possibile, dietro lo *scutum*, lo scudo. Il cielo era oscurato da nuvole di frecce e giavellotti scagliati da entrambe le parti, le grida di guerra dei Galli si confondevano con le urla di dolore dei legionari che, tutt'intorno a Julianus, venivano abbattuti dalle armi nemiche e crollavano a terra. Nell'aria si respirava l'odore del sangue e del sudore. I centurioni urlavano incessantemente ordini, mentre combattevano corpo a corpo coi giganti belgi, ma, sovrastati in numero dal nemico, venivano inesorabilmente trafitti, uno dopo l'altro. Julianus riuscì a intravedere il Sabis, poche decine di *pedes* a valle, e vide che Atrebati e Viromandui erano in rotta, incalzati e massacrati dai legionari. Il Sabis era rosso di sangue, centinaia di corpi senza vita galleggiavano trasportati a valle dalla corrente.

Improvvisamente un gigantesco Gallo si aprì un varco nello schieramento romano e, roteando con entrambe le mani un'enorme spada a doppia lama, la abbatté con tutta la sua potenza sul giovane Octavius. La testa di Octavius rotolò nel fango tra i piedi di Julianus, e gli occhi sbarrati dell'amico incrociarono per l'ultima volta quelli di Julianus. Un fiotto di sangue zampillò dal collo mozzato di Octavius e schizzò sul viso e sul petto di Julianus, poi il corpo di Octavius, privo di testa, si accasciò a terra come una marionetta a cui fossero stati tagliati i fili.

Il gigantesco Gallo aggredì Julianus, ma quest'ultimo fu lesto a interporre lo *scutum* tra sé e lo spadone del barbaro. Il Gallo sferrò un altro colpo, e Julianus vide con orrore lo *scutum* spaccarsi e cadere a pezzi al suolo. Non avrebbe mai dimenticato i denti gialli del barbaro mentre la sua bocca si allargava in un sorriso feroce, gli occhi iniettati di sangue, e lo spadone roteava in aria pronto ad abbattersi su Julianus e a porre fine alla sua giovane vita.

Ma il destino, quel giorno, aveva deciso diversamente. Un istante prima che lo spadone del Gallo si abbattesse su Julianus, ormai privo di scudo, un giavellotto romano colpì il barbaro alla schiena e lo trapassò da parte a parte, con la punta che uscì dal ventre del gigante, poco sotto lo sterno. Quasi simultaneamente due legionari lo colpirono con i loro *gladii*, l'uno pugnalandolo alla gola dal basso in alto, e l'altro infilzandolo sul fianco sinistro. Il Gallo vacillò sulle gambe malferme, roteò gli occhi all'indietro, e rovinò al suolo esanime a un passo da Julianus.

In quel momento il rumore ritmato di migliaia di *gladii* che battevano all'unisono contro gli *scuta* annunciò l'arrivo, da nord, della XIII e della XIV Legione, rimaste nelle retroguardie di scorta alle salmerie. Il suono dei corni echeggiò sulla collina, mentre la X Legione, dopo aver sbaragliato gli Atrebati, risaliva la collina da sud, per dare man forte ai legionari della XII in lotta contro i Nervi.

Julianus posò il ginocchio destro a terra e con la mano sinistra, con un ultimo gesto di commiato, abbassò amorevolmente le palpebre di Octavius. Quindi afferrò lo scudo dell'amico e si unì ai compagni nella lotta, deciso più che mai a vendicare il sangue dell'amico.

La battaglia del Sabis si concluse con una schiacciante vittoria romana. I Nervi vennero sterminati e, dei circa sessantamila uomini con cui si erano schierati a inizio battaglia, soltanto in cinquecento sfuggirono alla macchina bellica romana.

Quel giorno, Roma aveva vinto la battaglia decisiva per il controllo della Gallia Belgica. Julianus aveva perduto il suo migliore amico.

***

La *quarta vigilia noctis*[35] non era ancora terminata, ma il cielo a oriente, verso *Tibur*[36], cominciava già a schiarirsi, segno che l'alba non era lontana.

Julianus si rase la barba con un rasoio di bronzo temprato e si sciacquò il viso con l'acqua tiepida conservata in un bacile di ferro. Indossò quindi una tunica a maniche lunghe di lana color porpora e, sopra questa, il *subarmalis*, un corpetto con le spalline imbottite, e la *lorica hamata*[37]. Allacciò le *caligæ*, dei sandali con piccole borchie di ferro sulla suola, fissò alla spalla sinistra il *paludamentum*, un mantello di forma rettangolare, e si strinse in vita il *cingulum*, una cintura di cuoio con una borchia di bronzo. Fissò il *gladius* al fianco, e, afferrato l'elmo, uscì dal *cubiculum*[38].

Fece un abbondante *ientaculum*[39] a base di formaggio, pane intinto nel vino, olive, carne, frutta secca, latte e miele, quindi attraversò a passo svelto l'*atrium* e uscì in strada.

L'aria era fredda e umida, l'Urbe immersa in una leggera foschia mattutina. Due uomini stavano trasportando delle anfore, presumibilmente piene di vino oppure olio, in una *taberna*[40]. Un carro trainato da due

---

[35] L'ultima delle quattro parti di durata uguale in cui i Romani dividevano le ore notturne.
[36] L'odierna Tivoli.
[37] Cotta di maglia, di derivazione celtica, usata dai legionari romani. Era composta da una fitta trama di anelli metallici del diametro dai 6 agli 8 millimetri.
[38] *Camera.*
[39] *Prima colazione*, con la *cena* uno dei due pasti principali dei Romani.
[40] *Bottega.*

massicci buoi sostava di fronte all'ingresso della bottega, il cui proprietario stava animatamente discutendo con un altro uomo, probabilmente contrattando il prezzo della mercanzia sul carro. Un *tonsor*[41] stava aprendo il suo locale e un paio di clienti erano già in attesa per farsi radere la barba o tagliare i capelli.

Julianus si avviò a passo deciso lungo la discesa che portava ai piedi del *Mons Palatinus*[42]. Rivolse uno sguardo fugace verso l'*Arx Capitolina*[43], al di sopra della coltre di foschia. L'*Ædes Iunonis Monetæ*, il Tempio di Giunone Ammonitrice[44], si stagliava elegante e sontuoso sullo sfondo del cielo.

Julianus proseguì svelto verso il *Forum Cæsaris*[45]. Lo attendeva una lunga giornata.

Non avrebbe mai potuto immaginare cosa lo aspettava.

---

[41] *Barbiere.*
[42] *Colle Palatino.*
[43] *Rocca del Campidoglio.*
[44] Nei pressi del tempio si trovava la Zecca di Roma, indicata pertanto col termine *ad Monetam* (presso l'Ammonitrice), termine dal quale derivano molte delle parole oggi usate per indicare il denaro: *moneta* in italiano, *moneda* in spagnolo, *money* in inglese, *monnaie* in francese, e via dicendo.
[45] *Foro di Cesare.*

12

Roma, Ambasciata degli Stati Uniti
Suite degli Ospiti
10 marzo 2022, ore 20:07

Due leggeri colpi alla porta d'ingresso destarono Lionhill dai suoi pensieri. Il timore di aver contribuito, suo malgrado, a innescare una catena di eventi dall'esito potenzialmente catastrofico lo turbava profondamente.

«Entra pure, Lara», disse, aprendo la porta della suite.

«Come stai, Guido?» chiese Lara.

«Come vuoi che stia? Mi sento più o meno come un panda in uno zoo di lusso...» replicò Lionhill con un sorriso amaro. «Sono trattenuto contro la mia volontà, anche se in un'elegante suite. Il telefono fisso è disattivato e ho dovuto consegnare il mio Samsung a quel *sellerone* che scatta sull'attenti ad ogni starnuto di un suo superiore. E anche se la porta non è stata chiusa a chiave, so che c'è qualcuno lì fuori che sorveglia la stanza... prima ho sentito un paio di colpi sommessi di tosse... Quindi, a parte la libertà e qualsiasi contatto col mondo esterno, direi che no, non mi manca nulla.»

Lara gli sorrise. «Se non altro non hai perso la tua ironia... Non hai mangiato nulla?» chiese, indicando il vassoio che era stato lasciato sul tavolino mezz'ora prima da un addetto dell'Ambasciata. Un'invitante *T-bone* con contorno di spinaci e patatine fritte giaceva intatta sul piatto di portata, coperta da una campana di vetro. Mezzo litro di acqua Ferrarelle e un quartino di vino Chianti Ruffino erano stati posti accanto al vassoio, ma entrambe le bottiglie erano ancora chiuse e piene dei rispettivi liquidi.

«Non ho fame», rispose caustico Lionhill. «Dobbiamo fermarli, Lara. Dobbiamo fermare Morlock. Non si rendono conto di cosa potrebbero provocare.»

«Le intenzioni di Morlock non sono cattive, tu non lo conosci...»

«Tu lo conosci invece? Dimmi la verità, Lara. Ho visto come vi guardavate prima, giù in laboratorio. Non era la prima volta che vi vedevate, o sbaglio?»

«È il mio capo», confessò Lara, abbassando gli occhi.

Lionhill impiegò qualche secondo a metabolizzare la risposta di Lara. «Da quando lavori per la CIA?» chiese poi, incredulo.

«Da un paio d'anni. Collaboro col dipartimento Science and Technology, di cui Morlock è direttore. Mio marito, Kostas Panagiotis, è il Primo Ufficiale della *Destiny*. Quando Kostas mi ha detto del ritrovamento dell'anello, sono stata io a informare Morlock e a chiedergli di venire a Roma. Morlock era a Londra quando l'ho chiamato.»

«Quindi tutto questo teatrino è opera tua!» sbottò Lionhill, incredulo. «Mi avete manovrato come una marionetta solo perché vi aiutassi a decifrare il codice per attivare l'anello!»

«Non è così, Guido, e tu lo sai. L'anello non è soltanto uno straordinario reperto archeologico, ma anche un'incredibile scoperta scientifica. Pensa a quante tragedie si potrebbero evitare con una macchina simile. Trovare il vaccino contro un nuovo virus prima che questo diventi una pandemia, arrestare un gruppo terroristico prima che commetta un attentato, impedire un omicidio prima che la vittima venga uccisa...»

«Lara, io so che le tue intenzioni sono nobili e

generose», la interruppe Lionhill in tono più gentile. «Ti conosco ormai da tanti anni, e so quanto tu ti sia sempre adoperata per soccorrere i più deboli. Tuttavia, come ben sai, nessuna tecnologia è, in sé, buona o cattiva. Dipende dall'uso che se ne fa. Un drone può essere usato per consegnare un pacco a domicilio o per sganciare bombe. I social media possono essere usati per mantenere i contatti con amici e familiari lontani oppure per spargere odio e fake news. Un laboratorio di virologia può essere utilizzato per trovare una cura a un'epidemia o per creare un'arma batteriologica. Potrei farti esempi del genere all'infinito, ma non è questo il punto. Tu hai parlato di impedire omicidi, attentati, pandemie. Propositi nobili, senza dubbio. Almeno in teoria. Perché quelli che una nazione chiama terroristi, un'altra nazione chiama partigiani. Chi è un eroe per i Tedeschi, come Hermann-Arminio[46], è un meschino traditore doppiogiochista per i Romani. Il bombardamento di Hiroshima è un eroico atto di guerra che ha salvato milioni di vite per gli Americani, ma un barbarico atto di disumana crudeltà per i Giapponesi.»

Lionhill tacque per qualche istante, come per raccogliere le idee, poi proseguì: «Quello che sto cercando di dire, Lara, è che il confine tra bene e male, tra giusto e sbagliato, spesso non è così netto, come si potrebbe pensare. Chi siamo *noi* per decidere se e come modificare il passato? Che diritto hanno gli Stati Uniti, o qualunque altra nazione, di manipolare la storia in base esclusivamente al *loro* punto di vista?»

---

[46] *Gaius Julius Arminius*, principe della tribù germanica dei Cherusci e cittadino romano. Nel 9 dopo Cristo, a capo della cavalleria ausiliaria germanica dell'esercito romano, attirò a tradimento tre legioni in una trappola da lui stesso preparata nella foresta di Teutoburgo.

Lionhill fece un'ulteriore pausa, abbassando lo sguardo. Quindi riprese, guardando Lara dritto negli occhi. «E se l'anello cadesse nelle mani sbagliate? O se le persone sbagliate riuscissero a riprodurne il funzionamento creandone una o più copie? La conoscenza del futuro permetterebbe a questi individui di pianificare attentati a leader politici e capi di stato conoscendone in anticipo gli spostamenti. Gli esiti di battaglie e guerre potrebbero essere capovolti conoscendo a priori le tattiche dell'avversario. Individui senza scrupoli avrebbero la possibilità di accumulare capitali enormi semplicemente giocando al Lotto o al Totocalcio, dal momento che sarebbero già a conoscenza dei risultati di estrazioni e partite...»

«I topolini stanno bene», lo interruppe Lara.

«Come, scusa?»

«Gli esami non hanno rilevato alcun danno fisico provocato dal salto temporale. I due topolini stanno benissimo.»

«Capisco. Quindi ora Morlock invierà degli uomini attraverso l'anello.»

«Un uomo e una donna, per la precisione. Alle nove in punto. Andremo io e il sergente Fernández», disse Lara, abbassando lo sguardo. Quindi si avviò verso la porta e uscì, senza voltarsi.

Lionhill non trovò le parole per rispondere, ma imprecò a bassa voce.

13

«Erano anni che non mi mettevo più in maschera. E non è neanche Halloween[47]!» scherzò Fernández, lisciandosi sul petto la tunica di lana bianca, stretta in vita da una cintura di stoffa. Ai piedi portava un paio di *calcei*, delle scarpe chiuse chiodate dalla spessa suola di cuoio.

Lara indossava una lunga *stola* di lana di colore giallo sgargiante, stretta da due cinture di corda, in vita e sotto i seni. Ai piedi indossava semplici sandali marroni.

«Le immagini acquisite dal Rover ci mostrano una piccola radura circondata da vegetazione spontanea, prevalentemente alberi ad alto fusto e cespugli», esordì Watney, indicando con un puntatore laser una serie di immagini proiettate dal *beamer* sulla parete.

«A parte un tratto di Mura Serviane, qui sullo sfondo, non si intravedono costruzioni», continuò Watney. «Niente statue, niente fontane, niente templi. Sappiamo che quest'area, a partire dalla fine del primo secolo avanti Cristo, divenne parte dei lussuosi *Horti Sallustiani*, i Giardini di Sallustio. Di conseguenza, l'epoca che andrete a visitare è anteriore all'edificazione degli *Horti* e posteriore al completamento delle Mura Serviane. Ossia,

---

[47] Negli Stati Uniti è consuetudine mascherarsi (prevalentemente a tema *horror*) il 31 ottobre in occasione della ricorrenza di Halloween piuttosto che nel periodo di Carnevale.

tra la metà del quarto secolo e la metà del primo secolo avanti Cristo.»

«Un intervallo di trecento anni non è proprio trascurabile...» commentò Fernández, storcendo leggermente la bocca.

«Me ne rendo perfettamente conto», si giustificò Watney. «Purtroppo, con i dati a nostra disposizione, non è possibile fornire una stima più precisa.»

«Dottoressa Mellini, lei è l'unica in grado di parlare latino fluentemente», intervenne il maggiore Young. «Fernández è un soldato esperto e sarà con lei per proteggerla, ma non potrà esserle di aiuto in una conversazione. Fate molta attenzione e non esponetevi a rischi inutili, chiaro?»

«Cristallino», rispose Lara.

«Qui ci sono dodici *denarii*[48] d'argento», aggiunse il maggiore, porgendo a Fernández un borsellino di cuoio marrone scuro. «Un amico dell'Ambasciatore Harlan gestisce un negozio di numismatica a due isolati da qui, e siamo riusciti a convincerlo a prestarceli. Spendeteli solo se strettamente necessario, ognuna di queste monete vale circa ottocento euro.»

«Se non ricordo male, i primi *denarii* sono stati coniati al tempo della Seconda Guerra Punica, nel 211 avanti Cristo o poco prima», si inserì Lara. «Da quanto ci ha appena detto l'ingegner Watney, potremmo ritrovarci molto prima della Seconda Guerra Punica...»

---

[48] Moneta romana d'argento. La parola viene da *deni* (*dieci*, da cui derivano l'inglese *ten* e il tedesco *zehn*), in quanto un *denarius* corrispondeva, in origine, a dieci *asses* (moneta romana in bronzo e, successivamente, in rame). Dal nome *denarius* hanno origine molti dei termini usati oggi per indicare i soldi: dall'italiano *denaro* allo spagnolo *dinero*, al portoghese *dinheiro*.

«Purtroppo, tra quelle in buono stato di conservazione, queste sono le monete più antiche di cui il numismatico disponeva. Possiamo solo augurarci che finiate in un'epoca in cui i *denarii* sono già in circolazione.»

Lara osservò affascinata una delle monete mentre Fernández si legava il borsellino alla cintura. Su un lato era raffigurata la testa della Dea Roma e tracciata una X^{49}, sull'altro i Dioscuri[50] a cavallo sopra la scritta ROMA.

«Se vi viene chiesto il nome, direte di chiamarvi *Lucius* e *Livia*. Sarete marito e moglie», aggiunse Young.

«Capito, *cara*?» scherzò Fernández, accentuando volutamente la parola *cara* e dando a Lara un colpetto di gomito sul fianco.

«Giù le zampe!» protestò Lara, fulminandolo con lo sguardo.

«Vi ricordo gli obiettivi della vostra missione. Primo», Young sollevò l'indice della mano sinistra, «valutare le conseguenze del salto temporale sugli esseri umani. Al vostro ritorno, verrete sottoposti a un processo diagnostico completo. Secondo», il maggiore sollevò anche il dito medio, «scoprire in che anno vi troverete. Abbiamo individuato la sequenza di attivazione dell'anello, ma ancora non sappiamo nulla sul meccanismo che controlla l'ampiezza del salto temporale. Pertanto, cercate di scoprire, se possibile, la data esatta una volta giunti a destinazione.»

Young scambiò un'occhiata d'intesa con Morlock, che si trovava alla sua destra, vicino al tenente McDougall.

«Faremo il possibile», rispose Lara. Subito dopo aggiunse: «Io sono pronta».

«Anch'io», le fece eco Fernández.

---

[49] La *X*, nei numeri romani, indica il numero 10.
[50] I gemelli Castore e Polluce.

«Signori, *Godspeed*[51]», esclamò Young.

«*Godspeed*», gli fecero eco Morlock, Watney, la McDougall, e March.

«Dalle mie parti si dice piuttosto *In culo alla balena*», disse Lara a bassa voce a Fernández, per alleviare la tensione.

«Bizzarro... E cosa si risponde?»

«Te lo dico un'altra volta», ribatté Lara, facendogli l'occhiolino.

Pochi istanti dopo, Fernández si chinò davanti alla membrana dell'anello e, dopo un momento di esitazione, la attraversò con un balzo, seguito a ruota da Lara.

Nella stanza calò un silenzio carico di tensione. Lara e Fernández erano scomparsi nel nulla.

***

Ci volle qualche secondo perché i loro occhi si abituassero all'oscurità. A poco a poco Lara e Fernández cominciarono a distinguere ciò che li circondava: alberi, cespugli, pietre. In cielo splendeva una falce di luna e le stelle brillavano come diamanti incastonati in un drappo di velluto nero.

«Siamo vivi... il primo obiettivo della missione è stato raggiunto con successo!» scherzò Fernández, decisamente molto più rilassato di quanto non fosse stato prima di varcare il portale.

«Non avevo mai visto un cielo così stellato», sussurrò Lara, il naso rivolto all'insù, rapita dallo splendore degli astri. «L'Orsa Maggiore... l'Orsa Minore... il Dragone... il Cigno... non avevo mai visto uno spettacolo simile.» Una

---

[51] Augurio di buon viaggio e buona fortuna.

falena volteggiò qualche secondo nel suo campo visivo, per poi perdersi nell'oscurità.

«Uno degli svantaggi del mondo moderno...» commentò amaro Fernández. «L'inquinamento luminoso delle città del ventunesimo secolo non ci permette di ammirare la meraviglia della volta celeste. Ai nostri giorni spettacoli del genere sono visibili soltanto in località molto remote, tipo il deserto dell'Atacama.»

Lara inspirò profondamente, chiudendo gli occhi. L'aria era fresca, una leggera brezza soffiava da ponente e scuoteva lievemente, come una carezza, le chiome dei pini marittimi che li circondavano. Un uccello si librò in volo da un ramo vicino e scomparve nella notte.

«Che aria pura... niente gas di scarico e inquinamento».

«Soltanto un leggero odore di legna bruciata... Mi fa venire in mente i caminetti delle baite in Colorado, quando porto i ragazzi a sciare sulle Rockies[52]», aggiunse Fernández.

«Meglio non indugiare troppo. Porta Collina dovrebbe essere in quella direzione», disse Lara, indicando verso est. «Se la fortuna ci assiste, troveremo qualcuno e riusciremo a scoprire in che anno siamo.»

«Al di là di quei cespugli mi sembra di scorgere un sentiero, muoviamoci», aggiunse Fernández, incamminandosi nella direzione da lui indicata.

«Ti seguo.»

***

Il sentiero sterrato li condusse a una strada lastricata, un

---

[52] Le Montagne Rocciose (in inglese Rocky Mountains o semplicemente Rockies).

centinaio di metri più a valle. Il manto stradale, largo circa sei metri e dal profilo trasversale leggermente convesso, era costituito da lastre poligonali di basalto, perfettamente livellate e allineate le une alle altre. Su entrambi i lati della strada erano scavate delle trincee, profonde qualche decina di centimetri, per lo scolo delle acque meteoriche.

Lara osservò con l'emozione tipica dell'archeologo la perfezione dell'ingegneria stradale romana, consapevole che l'immensa rete viaria romana, con circa centomila chilometri di strade lastricate, aveva contribuito in maniera determinante allo sviluppo e alla diffusione della civiltà romana in tutta l'area mediterranea.

Percorse poche decine di metri, una colonna circolare al margine della strada attirò l'attenzione di Lara.

«Un *miliarium*!» esclamò, non riuscendo a trattenere il proprio entusiasmo. Alta quasi due metri e con un diametro di oltre un metro, la massiccia pietra miliare di granito segnava la distanza, in miglia romane[53], dal centro dell'Urbe. Lara accarezzò la superficie della colonna, incredula di avere davanti a sé un *miliarium* che non fosse antico di duemila anni.

«C'è un casolare laggiù!» esclamò Fernández.

Lara guardò nella direzione indicata dal *marine* e vide, circa duecento metri più avanti, un edificio a due piani.

«Andiamo a vedere», disse Lara, allontanandosi dal *miliarium*.

La facciata dell'edificio, in mattoni di tufo, era dipinta di colore rosso acceso fino a un'altezza di circa un metro e mezzo da terra. Una placca d'argilla posta sulla soglia recitava *Salve lucru*[54]. Blocchi di travertino contornavano

---

[53] Un miglio romano, pari a mille passi (*mille passus*), corrisponde a circa 1480 metri.
[54] *Salve ricchezza.*

il vano d'ingresso, in cui una robusta porta di legno massiccio, socchiusa, lasciava trasparire una lama di luce. Dall'interno si udiva il vociare di almeno una mezza dozzina di uomini cui faceva da sfondo il rumore di bicchieri e posate. Un odore di carne stufata impregnava l'aria circostante.

«Potrebbe essere una *popina*[55]», sussurrò Lara.

«Cioè?» domandò Fernández, alzando leggermente le spalle.

«Una specie di osteria, frequentata per lo più da plebei, *liberti*[56] e schiavi. Nella letteratura romana le *popinæ* vengono spesso associate a prostituzione, gioco d'azzardo e criminalità... Meglio andare altrove.»

In quell'istante la porta venne spalancata energicamente e ne uscì un uomo basso e tarchiato, con folte sopracciglia nere e una peluria che lo rendeva decisamente ipertricotico, se non altro per i canoni del ventunesimo secolo. L'uomo, un liberto macedone, rivolse un'occhiata lasciva a Lara, poi, rendendosi conto che la donna era in compagnia di un uomo alto almeno una ventina di centimetri più di lui e decisamente più muscoloso, abbassò lo sguardo e si allontanò nella notte, lasciando dietro di sé un effluvio di alcool e sudore.

«*Peregrini! Venite, venite!*[57]» si rivolse a gran voce verso di loro un ometto paffuto dall'aspetto bonario posto dietro un massiccio bancone a forma di "L" rivestito di lastre di marmo.

Probabilmente il gestore della popina, pensò Lara.

---

[55] Nelle *popinæ* venivano serviti svariati tipi di vino, oltre a cibi semplici come pane, uova, olive, formaggi, fichi e stufati. A differenza delle *cauponæ*, le *popinæ* non disponevano di alloggi per la notte.
[56] Schiavi successivamente divenuti liberi.
[57] *Stranieri! Venite, venite!*

L'ometto venne verso di loro e li invitò calorosamente a entrare.

«Troppo tardi...» mormorò Lara a Fernández. L'occasione per andare altrove era appena sfumata.

Lara contò altri nove uomini e due donne nel locale. Le due donne, presumibilmente prostitute, indossavano *togæ* di colore arancio e si muovevano sinuose e ammiccanti tra i tavoli, accompagnate dal vociare e dai fischi di approvazione di sei dei nove uomini in sala. Gli altri tre uomini, che indossavano tuniche di lana grezza simili a quella di Fernández, erano intenti a giocare con quelli che a Lara sembrarono dadi.

Le pareti del locale erano affrescate con scene di caccia: cinghiali, lepri, daini, uccelli di varie forme e colori trafitti da frecce e giavellotti scagliati da giovani che indossavano tuniche dai colori sgargianti. In un angolo della sala Lara vide un grande forno, presumibilmente usato per cuocere pane e focacce.

L'ometto paffuto fece loro segno di sedersi e chiese se desiderassero bere o mangiare qualcosa.

«*Olivas et aquam. Et vinum album marito meo*[58]», ordinò Lara. L'ometto sorrise affabilmente e si allontanò, tornando verso il bancone. Da uno degli ampi fori circolari sulla superficie del bancone estrasse delle olive e da un altro, pochi istanti dopo, il vino.

«Hai ordinato olive, acqua e vino?»

«Sì, del vino bianco per te.»

«Tu non bevi? Sei astemia?»

«Assolutamente no!» sorrise Lara. «Tuttavia, in epoca repubblicana, per una donna bere vino era considerata una colpa gravissima, e, come in caso di adulterio, punibile con la morte.»

---

[58] *Olive e acqua. E vino bianco per mio marito.*

«Addirittura! E perché?»

«Gli studiosi non sono concordi in merito. L'ipotesi più credibile adduce come motivo il timore dei mariti di vedere la moglie, ubriaca, concedersi a un altro uomo. Secondo altri, il vino era in grado di conferire capacità divinatorie e, dal momento che alle donne le divinazioni erano proibite, berlo era visto come un sacrilegio. Altri ancora legano il divieto per le donne di bere vino al rischio di sterilità e di aborto[59]. Ad ogni modo, in età imperiale questo divieto venne meno.»

«Meglio così!»

L'ometto paffuto tornò con le olive, l'acqua, e il vino.

«*Falernum*[60]», disse con evidente orgoglio, indicando il vino.

«Cosa c'è di nuovo a Roma?» chiese Lara, in latino, all'ometto, cogliendo l'opportunità di indagare sull'epoca in cui si trovavano. «Manchiamo dall'Urbe da un paio d'anni...»

«Avete già visto la regina?» chiese l'uomo.

«La... regina?» chiese Lara, confusa.

«Cleopatra! Se siete fortunati, la potrete veder passare, bellissima nelle sue vesti di lino, su una lettiga dorata al Campo Marzio o nel Foro, di solito verso l'*hora sexta*[61].»

Gli occhi di Lara si illuminarono. «È a Roma da molto tempo la regina?»

«È arrivata circa un anno e mezzo fa. Non dimenticherò

---

[59] Si veda anche il libro *Vita nell'antica Roma Repubblicana* di Pasquale Frisone, Elison Publishing.

[60] Affermatosi nella tarda età repubblicana, il *Falerno* era uno dei vini più pregiati—e costosi—dell'epoca.

[61] La sesta delle dodici parti di durata uguale in cui i Romani dividevano le ore diurne. Nel mese di marzo corrisponde approssimativamente al lasso di tempo tra le undici del mattino e mezzogiorno.

mai il corteo con cui ha invaso le strade dell'Urbe... elefanti, sfingi, statue della dea Iside, carri colmi di doni preziosi, fanciulle che danzavano vestite solo di trasparenti abiti di seta...»

L'ometto fece un sospiro al ricordo dello sfarzoso corteo di Cleopatra. «Da allora è ospite, col figlio, nella villa di Cesare alle pendici del Gianicolo.»

«Faremo una passeggiata al Foro verso l'*hora sexta* domani. Grazie per il consiglio», rispose Lara, mentre l'ometto si allontanava, lo sguardo ancora sognante al pensiero delle fanciulle danzanti al seguito della regina d'Egitto.

«Siamo nel 44 avanti Cristo», sussurrò Lara eccitata a Fernández, mentre assaggiava un'oliva. «Cleopatra è arrivata a Roma nel 46 e vi è rimasta fino alla morte di Cesare, avvenuta il 15 marzo del 44.»

«Perfetto! Anche il secondo obiettivo della nostra missione è raggiunto. Possiamo andarcene!» esclamò Fernández, felice di poter tornare a casa.

«Non ancora. Quando torna il gestore, cercherò di scoprire anche in che giorno e mese ci troviamo.»

«Okay», concesse Fernández, portandosi il bicchiere alle labbra e bevendo un sorso di *Falernum*. «Ma è annacquato!» si lamentò subito dopo, disgustato.

Lara sorrise. «I Romani erano soliti bere il vino diluito in acqua. Il vino puro era riservato agli dèi.»

«*Vultis alea ludere?*[62]» chiese improvvisamente uno dei tre uomini che Lara aveva visto giocare a dadi un paio di minuti prima.

L'uomo, con una vistosa cicatrice che gli attraversava la guancia sinistra da poco sotto l'occhio fin quasi al mento, si alzò e si diresse verso il loro tavolo, imitato,

---

[62] *Volete giocare a dadi?*

qualche istante dopo, dai suoi due compari. I tre uomini si sedettero al tavolo di Lara e Fernández, l'uomo con la cicatrice accanto a Lara, e gli altri due vicino a Fernández, uno alla sua destra e l'altro alla sua sinistra.

«Siamo nei guai», mormorò Lara a Fernández, l'ansia palpabile nella sua voce.

Fernández portò la mano destra sul calcio della pistola *Glock 19*, nascosta sotto la tunica. Le istruzioni del maggiore Young erano state chiare: usare la pistola solo in caso di evidente pericolo di vita, e non per uccidere. A tale scopo, le pallottole da nove millimetri della Glock erano state dotate di ogive di plastica anziché di piombo e la loro carica era stata ridotta a metà di quella normale. A distanza non ravvicinata le pallottole non sarebbero state letali.

L'uomo con la cicatrice agitò tre *tesseræ*[63] all'interno del *fritillus*, un bicchierino di terracotta, quindi le fece rotolare sul tavolo. I due compari urlarono di soddisfazione quando le facce dei dadi rivolte verso l'alto mostrarono due 5 e un 6. Un punteggio decisamente alto. Fernández sospettò che i dadi fossero truccati e richiamò l'attenzione del gestore per poter pagare la consumazione e andarsene. La mano destra continuava a stringere il calcio della Glock.

L'uomo con la cicatrice passò il *fritillus* a Fernández, esortandolo a lanciare le *tesseræ*.

Il gestore si avvicinò al tavolo e disse: «*Duo denarii.*[64]» Si svolse tutto in un attimo.

Fernández scostò la mano destra dal calcio della Glock per prendere un paio di monete d'argento dal borsellino di cuoio che portava legato alla cintura. L'uomo alla sua sinistra lo accoltellò al fianco nel medesimo istante in cui

---

[63] *Dadi.*
[64] *Due denari.*

il compare seduto alla sua destra gli scippava il borsello. I tre criminali scattarono in piedi all'unisono e si precipitarono verso l'uscita, dileguandosi nella notte.

Lara vide con orrore Fernández estrarre dal proprio fianco la lama insanguinata del pugnale e, lasciata cadere l'arma a terra, stringersi con forza la mano sinistra al fianco nel tentativo di fermare l'emorragia. Una larga macchia color cremisi si allargava sulla tunica bianca di Fernández.

L'ometto paffuto corse verso l'uscita chiamando a gran voce i soldati. Gli altri sei avventori, sino a quel momento interessati esclusivamente alle due prostitute, si diedero alla fuga, seguiti a ruota dalle due donne.

Tutto si era svolto in meno di un minuto.

Lara si catapultò dall'altra parte del tavolo, dove sedeva Fernández. «Dobbiamo raggiungere l'anello», disse, aiutandolo ad alzarsi e passandosi il braccio destro di lui sulle spalle. Il *marine* emise un lamento, ma riuscì ad alzarsi.

Uscirono dalla locanda, mentre il gestore continuava a chiamare aiuto. Fernández strinse i denti e si sforzò di avanzare, passo dopo passo, lungo la strada lastricata. Lara lo incitava, ripetendogli continuamente che l'anello non era lontano. Fernández sentiva le gambe farsi più deboli ad ogni passo, mentre cominciava ad avvertire vertigini. Lara lo sostenne, il braccio sinistro di lei a cingergli il torace.

«Ecco il sentiero!» annunciò Lara, incoraggiando Fernández a percorrere gli ultimi cento metri circa che li separavano dal portale, mentre il respiro di lui si faceva sempre più affannoso.

Avevano percorso qualche decina di passi lungo il sentiero, quando udirono una voce maschile, bassa e profonda, gridare verso di loro: «*Sistite!*[65]»

Lara guardò dietro di sé e vide un legionario che correva nella loro direzione lungo la strada lastricata.

«Maledizione!» imprecò Lara, accelerando il passo e spingendo in avanti Fernández su per la collina. «Forza! Manca pochissimo! Un ultimo sforzo, ti prego...» lo implorò. Il legionario continuava a gridar loro di fermarsi, la sua voce sempre più vicina.

Lara scorse la parte superiore dell'anello dietro un cespuglio. Mancavano ormai meno di dieci metri. Si guardò nuovamente indietro. Il legionario era a poche decine di metri da loro e continuava a guadagnare terreno.

La membrana dell'anello era ormai a non più di due metri da loro. A Lara parve di udirne il ronzio sommesso. Madida di sudore e col cuore che le batteva all'impazzata, raccolse le ultime forze che le erano rimaste e trascinò Fernández di peso con sé attraverso il portale.

---

[65] *Fermatevi!*

14

Roma, Ambasciata degli Stati Uniti
Laboratorio
10 marzo 2022, ore 22:01

Lara si lasciò cadere in ginocchio sul pavimento di linoleum, ansimante e stremata dallo sforzo di trascinare il compagno. Fernández, il cui braccio destro gravava sulle spalle di Lara, franò su di lei, la mano sinistra premuta sul fianco nel tentativo di limitare l'emorragia, il volto pallido come un cencio.

«È ferito!» urlò Lara. «Chiamate un medico!»

March e Watney scattarono dalle loro postazioni di controllo e si precipitarono a soccorrere Fernández. Mentre March aiutava Lara a far sdraiare Fernández supino sul pavimento e gli poneva il proprio giacchetto sotto la testa, Watney estrasse l'iPhone dalla tasca dei pantaloni e selezionò rapidamente uno dei numeri dal registro delle chiamate.

«Una barella in laboratorio, subito! Fernández è ferito!» ordinò.

«Coltellata al fianco sinistro. Colpo unico. Lama di cinque o sei centimetri. Ha perso molto sangue», gridò Lara in modo da farsi sentire all'altro capo del telefono.

«Mando subito qualcuno!» rispose la voce dell'Ambasciatore Harlan un attimo prima di chiudere la comunicazione.

***

Meno di un minuto dopo la porta del laboratorio si spalancò violentemente e una barella spinta da un giovane infermiere col camice bianco irruppe rumorosamente nella stanza.

L'infermiere, un robusto ventinovenne newyorkese di origine italiana che si presentò come Vito De Marchi, capelli color carota e folte lentiggini a punteggiarne il viso, applicò immediatamente una garza sterile sulla ferita in modo da fermare l'emorragia.

Con l'aiuto di March e Watney, fece poi sdraiare delicatamente Fernández sulla barella, quindi lo intubò e lo collegò a un respiratore. Fernández stava perdendo conoscenza, la tunica di lana bianca impregnata di sangue.

«*Open the door, please!*[66]» urlò De Marchi a March, che si precipitò a eseguire l'ordine.

De Marchi spinse con forza la barella con Fernández fuori dal laboratorio e lungo il corridoio alla sua sinistra, seguito a pochi passi da Lara, Watney e March, che, diligentemente, chiuse la porta del laboratorio dietro di sé.

Dal momento in cui Lara e Fernández avevano fatto ritorno nel presente erano passati meno di due minuti. I prossimi cinque avrebbero probabilmente sancito se Fernández sarebbe sopravvissuto oppure no.

---

[66] *Apri la porta, per favore!*

15

Roma, I secolo A. C. (data sconosciuta)

Julianus non riusciva a capacitarsi.

Ubi sunt perfugæ?[67], si domandò, confuso.

Solo pochi istanti prima li aveva scorti qualche centinaio di *pedes* davanti a sé, e aveva loro gridato, per l'ennesima volta, di fermarsi. Poi, all'improvviso, erano scomparsi, come inghiottiti dal nulla, subito dopo aver attraversato quello strano cerchio di metallo.

Julianus, incredulo, aveva girato intorno al cerchio un paio di volte, ma dei due sconosciuti non sembrava esserci più traccia. *Ubi latent?*[68], si chiese tra sé, togliendosi l'elmo e passandosi nervosamente la mano destra tra i capelli, leggermente sudati per la corsa di pochi minuti prima.

Al di là del cerchio si apriva uno spiazzo in terra battuta, delle dimensioni di un *actus minimus*[69] circa, e il terreno era sostanzialmente pianeggiante. Qua e là si ergevano pini marittimi e bassi cespugli di alloro. Uno dei due fuggitivi era ferito. Non potevano essere andati molto lontano.

Rimase in ascolto, pronto a captare il minimo rumore... un ramo spezzato, un fruscio, un lamento. Nulla. Nulla, a parte un lieve ronzio, come quello di un insetto, ma continuo in volume e intensità.

---

[67] *Dove sono i fuggitivi?*
[68] *Dove si nascondono?*
[69] Un *actus minimus* corrisponde a 42,2 metri quadrati.

Unde venit hic sonitus?[70], si chiese perplesso.

Si avvicinò con circospezione al cerchio di metallo, con le orecchie tese. Sì, il rumore veniva proprio da lì. Una specie di membrana acquosa vibrava leggermente all'interno del cerchio e nascondeva alla vista ciò che si trovava dall'altra parte.

Cos'era quell'oggetto? Non aveva mai visto nulla di simile prima d'ora, di questo era assolutamente certo. Quegli uomini lo avevano attraversato senza alcuna esitazione solo pochi istanti prima, quindi non poteva essere un oggetto pericoloso, giusto?

Julianus estrasse il *gladius*, fece un profondo respiro, sfiorò con la mano sinistra il borsello legato alla cintura in cui teneva le statuette di terracotta dei suoi *penates*[71], invocandone tacitamente la protezione, e con un balzo si lanciò all'interno del cerchio.

---

[70] *Da dove viene questo suono?*
[71] *Penati*, spiriti protettori di una famiglia e della sua casa nella religione romana.

16

Roma, Ambasciata degli Stati Uniti
Infermeria
10 marzo 2022, ore 22:03

Il dottor James Frink era in servizio presso l'Ambasciata degli Stati Uniti a Roma da sedici anni. Originario di Horicon, una cittadina di circa 3600 abitanti nella parte meridionale del Wisconsin, aveva studiato medicina alla prestigiosa Johns Hopkins University School of Medicine a Baltimora, nel Maryland. Dopo aver prestato servizio per otto anni a bordo della *USNS*[72] *Comfort*, gigantesca nave ospedale di quasi 70.000 tonnellate di stazza e 272 metri di lunghezza, nel 2005 si era sposato con una romana, medico anche lei presso l'Istituto Nazionale Malattie Infettive Lazzaro Spallanzani, e, l'anno successivo, era riuscito a ottenere l'incarico a Roma, con grande gioia sua e della moglie.

Quarantanove anni da compiere in dicembre, barba e baffi tagliati con simmetrica precisione e penetranti occhi azzurri al di là di spesse lenti dalla montatura metallica, il dottor Frink era un fanatico dell'attività fisica e del cibo sano. Residente in via Pisanelli, al Flaminio, si recava quotidianamente al lavoro in bicicletta, qualunque fossero le condizioni meteorologiche e la temperatura. La pedalata mattutina—ripeteva come un mantra—gli dava la carica necessaria per affrontare la giornata nel modo giusto. Vegano da quasi dieci anni—era l'unico in Ambasciata a

---

[72] United States Naval Ship.

non ordinare una New York Strip con patatine fritte il giovedì a pranzo in mensa—era solito rifornirsi settimanalmente al Supermercato del Biologico NaturaSì a via del Foro Italico. Avvisato dall'Ambasciatore meno di due minuti prima, Frink si era precipitato in infermeria. Indossato camice, mascherina e guanti chirurgici, attendeva nervosamente l'arrivo del ferito. Erano passati più di diciassette anni dall'ultimo intervento chirurgico che aveva eseguito, e non poteva negare a se stesso di essere nervoso. Il lavoro in Ambasciata si limitava a praticare qualche vaccinazione, prevalentemente in autunno al sopraggiungere della stagione influenzale, a prescrivere qualche medicinale—per lo più antidolorifici e sonniferi—, e compilare certificati medici in caso di malattia di uno dei funzionari dell'Ambasciata. Niente più che ordinaria amministrazione. *Ma io sono ancora capace di eseguire una sutura chirurgica?*, si chiedeva con un po' d'ansia. Un collega, qualche anno prima, aveva detto che operare è come andare in bicicletta: una volta imparato non si scorda più. *Speriamo che sia così*, si disse, facendosi coraggio.

Improvvisamente udì un vociare indistinto in corridoio, accompagnato da uno scalpiccio di passi brevi e frettolosi e dal rumore stridente di ruote metalliche in avvicinamento. La porta dell'infermeria venne aperta energicamente e De Marchi collocò la barella esattamente sotto la lampada scialitica da 100.000 lux montata sul soffitto.

«È come andare in bicicletta», si disse Frink, a voce un po' troppo alta.

«*What?*» chiese De Marchi, perplesso.

«Nulla. Dicevo per dire», ribatté Frink, già intento a disinfettare la ferita.

**

Lara e Watney rimasero fuori dall'infermeria, seduti su due scomode sedie in laminato marrone. Lara era visibilmente scossa per quanto accaduto e Watney si offrì di andare a prenderle una bottiglietta d'acqua al distributore automatico in fondo al corridoio.

March fece diligentemente ritorno al laboratorio.

Il dottor Frink si occupò di Fernández, assistito da De Marchi. L'operazione si concluse con successo più di tre ore dopo. Al termine di questa, Frink ringraziò De Marchi per l'aiuto ricevuto e, con un ampio sorriso che rivelava una ritrovata serenità, gli disse: «Facile come una pedalata in bicicletta!»

La perplessità di De Marchi di fronte a tale commento fu nulla rispetto allo sconcerto che i due uomini provarono quando vennero informati di quanto accaduto mentre loro due erano intenti a soccorrere Fernández.

17

Ubi est campus?[73]

Julianus si guardava intorno, confuso. Si trovava in una stanza di forma rettangolare, completamente bianca: pareti... pavimento... soffitto... tutto bianco. Nessun affresco, nessuna nota di colore alle pareti, com'era invece uso nelle *domus* cui era abituato.

C'era molta luce, ma non proveniva né dal sole né da qualche torcia inchiodata a una parete. Due oggetti di forma tubolare appesi al soffitto emanavano una luce intensa... senza emettere fumo. Non riusciva a fissarli senza restarne abbagliato. Luce senza fuoco: come diamine era possibile?

Non c'era nessuno. Rimase in silenzio qualche istante con le orecchie tese... nessuna voce, nessun rumore, a parte il lieve ronzio emesso dal cerchio di metallo alle sue spalle.

Tenendo il *gladius* sguainato di fronte a sé, si guardò intorno con circospezione. La stanza era vuota, a parte un tavolo di metallo su uno dei due lati lunghi, quello alla sua destra, e una sedia dietro a questo.

Sul tavolo erano disposti ordinatamente degli oggetti a lui sconosciuti e incomprensibili, di un colore grigio scuro, quasi nero, simile al basalto. Vi si avvicinò, cauto. Uno

---

[73] *Dov'è lo spiazzo?*

degli oggetti, simile nella forma e nello spessore a una tavoletta, ma decisamente più grande, era disposto verticalmente ed emetteva una luce tenue. Dalla parte luminosa della tavoletta, giaceva sul tavolo un altro oggetto rettangolare, sul quale erano dipinti—o erano forse incisi?—lettere e altri segni di cui non comprendeva il significato. Alla sinistra delle due "tavolette" giaceva un altro oggetto, molto più piccolo degli altri due e di forma pressoché ovale. Gli ricordava uno dei ciottoli arrotondati di cui erano ricche le spiagge dell'isola dov'era nato, nell'*Illyricum*. Da ciascuno dei tre oggetti[74] si snodava una specie di corda, sempre di colore grigio scuro, e le tre corde sembravano entrare nella parete retrostante, un paio di *pedes* a destra della sedia. Dalla parete si snodava una quarta corda che terminava in una specie di grossa scatola[75] posta al di sotto del tavolo e dello stesso colore dei tre oggetti precedenti.

Anche la sedia era molto diversa dalle sedie in legno o in pietra a lui familiari. Julianus ne sfiorò il sedile con la mano sinistra. Era morbido, confortevole, simile a una *culcita*[76].

In fondo alla stanza, a ridosso di una delle pareti corte, spiccava il cerchio di metallo che aveva varcato pochi istanti prima. La membrana acquosa all'interno del cerchio continuava a vibrare debolmente. Dietro al cerchio non si vedevano né i pini marittimi né i cespugli di alloro. Soltanto una parete. Bianca. Fredda. Anonima. Com'era arrivato lì? Che posto era mai quello?

Sull'altro lato corto della stanza, dalla parte opposta al lato a ridosso del quale si trovava il cerchio di metallo, si

---

[74] Monitor, tastiera, e mouse (in ordine di descrizione).
[75] La torre del computer.
[76] Cuscino riempito con fieno, lana o piume.

apriva una porta. Non c'erano altre porte né finestre. Quello era l'unico accesso e l'unica uscita.

Col *gladius* sempre stretto nella mano destra, Julianus afferrò la maniglia con la mano sinistra e, lentamente e con molta circospezione, aprì la porta e sbirciò fuori.

A destra e a sinistra si snodava un lungo corridoio. Vide numerose altre porte, in entrambe le direzioni e su ambedue i lati del corridoio. Sul soffitto erano appesi altri tubi che illuminavano il corridoio come fosse mezzogiorno in una giornata estiva senza nuvole. Non si vedeva né si sentiva nessuno.

Uscì dalla stanza e si richiuse la porta alle spalle. Alla destra della porta da cui era uscito, attaccata alla parete, vi era una specie di tavoletta, trasparente come fosse di ghiaccio. La toccò. Non era fredda né umida. Perfettamente levigata e dura al tatto, su di essa campeggiavano un paio di simboli a lui sconosciuti e, sotto a questi, una sequenza di lettere in una lingua che non era latino. Il primo dei due simboli sembrava una lettera "I", il secondo una lettera "G". La sequenza di lettere formava la parola "LABORATORY".

16
LABORATORY

Fortasse laboratorium? Quid autem est IG?[77], si chiese perplesso Julianus, cercando di interpretare la scritta.

Volse lo sguardo alla porta sul lato opposto del corridoio, esattamente di fronte a quella da cui era appena uscito. Anche qui una tavoletta sulla parete alla destra della porta. Una scritta, "MEETING ROOM", sovrastata

---

[77] *Forse laboratorio? Però, cos'è IG?*

da due simboli simili a una lettera "I" il primo, e a una lettera "S" il secondo: "IS"[78].

Barbara lingua, pensò.

Dov'era finito? Chi erano questi barbari? Da dove venivano?

Improvvisamente udì un rumore di passi alla sua sinistra. Passi affrettati... una persona sola... probabilmente corpulenta o molto alta. Chiunque fosse, si stava avvicinando rapidamente e tra pochi secondi avrebbe svoltato l'angolo e lo avrebbe inevitabilmente visto.

Attaccarlo o nascondersi? L'estremità del corridoio distava parecchie decine di *pedes*, e lui era armato del solo *gladius*. Nonostante il fattore sorpresa fosse a suo favore, qualora lo sconosciuto avesse avuto un giavellotto o un arco, avrebbe potuto facilmente abbatterlo prima che lui potesse colpirlo col *gladius*.

Meglio nascondersi, ma dove? Tastò la maniglia della stanza di fronte a sé, quella con la scritta "MEETING ROOM". Era chiusa a chiave.

Tornare nella stanza del cerchio? Probabilmente chi stava arrivando era diretto proprio lì.

Julianus si guardò intorno freneticamente, con l'adrenalina che gli acuiva i sensi. A una decina di *pedes* alla sua destra c'era una scala che portava al piano superiore e che faceva angolo con il corridoio in cui si trovava.

Senza esitare ulteriormente, Julianus scattò in quella direzione, salì con un balzo i primi due gradini della scala, e si appiattì contro la parete sinistra, appena in tempo per non essere visto dal *barbarus* che proprio in quel momento

---

[78] I due simboli, in realtà, formano il numero 15, non la scritta IS. Julianus non conosce i numeri cosiddetti arabi, in quanto questi furono introdotti in Europa soltanto nel decimo secolo dopo Cristo.

stava svoltando l'angolo.

Julianus smise momentaneamente di respirare, le orecchie tese, il *gladius* saldo nella mano destra, pronto a colpire qualora lo sconosciuto avesse proseguito verso la rampa di scale su cui lui si trovava.

I passi si avvicinavano sempre di più, ormai a quindici, forse dieci *pedes* da lui. Poi cessarono. Udì una porta aprirsi, un paio di passi ancora, la porta si chiuse. Lo sconosciuto sembrava essere entrato nella stanza del cerchio.

Julianus restò in ascolto. Sentì qualcosa rotolare, poi un tonfo sordo. Lo sconosciuto doveva essersi seduto sulla sedia dopo averla spostata. Passarono i secondi.

All'improvviso un grido, forse un'imprecazione, squarciò il silenzio: *OMMAIGOD!*[79]

La porta della stanza del cerchio venne spalancata con violenza e un rumore di passi, questa volta di corsa, andò decrescendo verso l'estremità opposta del corridoio. Lo sconosciuto stava tornando in fretta da dov'era venuto. Aveva scoperto qualcosa che l'aveva sconvolto. Sapeva che Julianus era lì? Probabilmente sì, ed era corso a chiamare rinforzi. In poco tempo il corridoio sarebbe stato pieno di barbari. Doveva andarsene da lì il più rapidamente possibile.

Non appena il *barbarus* fu sufficientemente lontano, Julianus salì rapidamente le scale, il *gladius* sguainato e pronto a colpire nel caso ci fosse stato qualcuno in agguato al piano superiore.

Raggiunto il penultimo gradino, Julianus, guardingo, sporse leggermente la testa in avanti: un corridoio identico a quello del piano inferiore si estendeva in entrambe le direzioni, a destra e a sinistra. Fortunatamente per

---

[79] *Oh, my God* (o mio Dio).

Julianus, era deserto.

Di fronte alla rampa di scale su cui si trovava si ergeva una porta bianca, identica a quelle del piano inferiore, ma al centro della quale campeggiava la scritta "LADIES". La parola non gli disse nulla.

Abbassò la maniglia e la porta si aprì. Sgattaiolò dentro, e richiuse la porta senza far rumore.

La stanza dov'era entrato era deserta. Sulla parete di destra uno specchio di circa due *pedes* per quattro sovrastava un lavandino bianco di forma ovale. Dal buco al centro di quest'ultimo si snodava verticalmente verso il basso un tubo di metallo che, dopo una svolta a U, compiva un'ulteriore rotazione a novanta gradi e penetrava nella parete retrostante. Due oggetti, simili a scatole, erano appesi al muro, uno, più piccolo, a sinistra dello specchio, e l'altro, grande circa il triplo del primo, alla sua destra. La scatola più piccola era semitrasparente ed era piena per circa due terzi di un qualche liquido[80].

Alla sua sinistra vi erano due sedili, presumibilmente due *latrinæ*[81], anche se non vi era alcuna apertura nella parte anteriore. Le due *latrinæ*, ammesso che tali fossero, non erano però una a fianco all'altra, come nei bagni pubblici cui Julianus era abituato, bensì separate tra loro da una tavola divisoria di legno, e ciascuno dei due ambienti era dotato di una porta indipendente.

Sul fondo della stanza, esattamente di fronte alla porta

---

[80] I Romani, pur considerando il bagno alle terme una fondamentale pratica igienica e un'importante attività sociale, non usavano il sapone come detergente, bensì pomici, creta finissima, soda, oppure polveri abrasive come argilla o farina di fave. Dopo il bagno, erano soliti massaggiare il corpo con olio d'oliva. Il sapone liquido è un'invenzione relativamente recente, brevettato dallo statunitense William Sheppard nel 1865.

[81] *Gabinetti.*

da cui era entrato, una finestra, col vetro aperto verso l'alto, dava verso l'esterno. Dalla strada sottostante proveniva un vociare indistinto di due o tre persone, tra loro una voce femminile, e lo scalpiccio dei loro passi. Non sembrava parlassero latino, anche se qualche parola gli suonava familiare.

Julianus attese circa un minuto che gli sconosciuti si allontanassero, quindi si avvicinò alla finestra e sbirciò all'esterno, attento a non farsi vedere qualora ci fosse stato qualcuno in agguato fuori. La strada sottostante, larga un paio di *perticæ*[82], appariva deserta.

Sull'edificio di fronte, a due piani e di color terracotta, garrivano tre stendardi che non ricordava di aver mai visto prima. Il primo, blu con al centro una serie di pallini, forse stelle, di colore giallo-oro disposti in forma circolare. Il secondo, a strisce verticali, una verde, una bianca, e una rossa. Il terzo era bianco, suddiviso da una grande croce di colore rosso in quattro quadranti, in ciascuno dei quali era dipinta una testa nera[83].

Una sottile grata di ferro, a maglia piuttosto fitta, non più di mezzo *digitus*[84], schermava l'intero vano finestra. A Julianus bastarono un paio di colpi di *gladius* per rimuovere la grata senza troppa difficoltà e con poco rumore. Depose la grata ai piedi della finestra, infilò il *gladius* nella guaina, si sollevò con la forza dei bicipiti sul davanzale della finestra, e saltò nel vuoto, atterrando sulla striscia di prato sottostante, una decina di *pedes* più in

---

[82] Una *pertica*, divisa in dieci *pedes*, corrisponde a 2,964 metri.
[83] I tre stendardi sono, nell'ordine, la bandiera dell'Unione Europea, quella italiana, e quella sarda, detta anche Vessillo dei Quattro Mori. A via Boncompagni, angolo via Lucullo, ha sede il Banco di Sardegna.
[84] Un *digitus*, pari a un sedicesimo di piede, corrisponde a 1,85 centimetri.

basso.

18

Roma, Ambasciata degli Stati Uniti
Ufficio del Maggiore M. Young
10 marzo 2022, ore 22:06

March bussò energicamente alla porta e, nello stesso istante in cui ricevette il permesso di entrare, si catapultò all'interno dell'ufficio del maggiore Young e scattò sull'attenti. La sua espressione tradiva un misto di incredulità e sgomento.

«*Major, sir! We have a problem!*[85]»

«Che altro è successo?» sibilò Young, indispettito.

«La telecamera a circuito chiuso del laboratorio, signore... Dopo che il sergente Fernández e la dottoressa Mellini sono tornati, Watney ed io li abbiamo accompagnati in infermeria. Come da suoi ordini, però, l'intera operazione è stata filmata.»

«E quindi?»

«Ecco... qualche decina di secondi dopo che abbiamo lasciato il laboratorio, è successa una cosa...» March esitò qualche istante, poi continuò: «Ecco... una terza persona ha varcato il portale... un legionario romano, a quanto sembra...»

«CHE COSA?» abbaiò Young, scattando in piedi. Alzò con impeto la cornetta del telefono Avaya posto sulla scrivania e gridò nell'apparecchio: «Tenente Flynn, raduni gli uomini! Sorvegliate le uscite! Cercate dappertutto un uomo vestito da legionario romano! È stato visto nella

---

[85] *Signor Maggiore! Abbiamo un problema!*

stanza numero sedici un paio di minuti fa. Trovatelo!»
Sbatté giù il telefono senza attendere una risposta, quindi
ordinò: «March, con me! Voglio vedere quel filmato!»

19

Roma, Rione Ludovisi
10 marzo 2022, ore 22:06

«Proprio una gran bella serata!» esclamò Valeria soddisfatta, sfregandosi le mani. «Le ultime settimane all'Università sono state estenuanti. Avevo bisogno di staccare un po' la spina!» continuò, rivolgendosi a Carlo, suo fratello, che camminava alla sua sinistra lungo via Sicilia. Stavano tornando a passo svelto verso casa dopo una serata in pizzeria con un paio di amici. «I fiori di zucca di Giggetto sono insuperabili! Era da tempo che sognavo di mangiarli!»

«Anche la loro mozzarella di bufala è eccezionale!» le fece eco Carlo, leccandosi le labbra al ricordo della treccia assaporata poco più di un'ora prima. «A detta di Alessandro si riforniscono al Caseificio Ponte di Legno, vicino Frosinone».

«Ne ho sentito parlare... Si trova ad Amaseno, se non sbaglio. Pare che sia uno dei migliori d'Italia.»

I due fratelli svoltarono a sinistra e imboccarono via Piemonte. L'aria era fresca e un leggero ponentino contribuiva ad abbassare di un paio di gradi la temperatura percepita. Valeria tirò su fino al mento la cerniera della sua giacca di pelle nera, infilò le mani nelle tasche dei jeans, e pregustò il confortevole tepore del suo letto, ormai non molto lontano.

Valeria Betti, ventisei anni, stava completando gli studi in Medicina e Chirurgia all'Università degli Studi di Roma La Sapienza. Ancora un paio di mesi, e avrebbe terminato la tesi di laurea sui tumori al cervello. Era stata sempre un'ottima studentessa, appassionata e diligente. Alta un metro e sessantadue centimetri per cinquantatré chili, capelli castani ricci lunghi fino alle spalle e intensi occhi verdi, Valeria poteva definirsi una ragazza acqua e sapone e con la testa ben salda sulle spalle. Un leggero tocco di fard che contribuiva a metterne in risalto gli zigomi alti, una sfumatura di ombretto ad accentuare i grandi occhi color giada, e l'immancabile Chapstick alla fragola sulle labbra, Valeria non necessitava mai di più di un paio di minuti per truccarsi.

Suo fratello Carlo, di due anni più giovane, studiava invece Ingegneria Civile, anche lui alla Sapienza. Della sorella maggiore aveva gli stessi capelli castani ricci, tagliati però molto più corti, mentre gli occhi erano di un azzurro intenso, probabilmente ereditati dalla madre. Alto un metro e ottantuno centimetri e di corporatura piuttosto massiccia, pur non potendosi definire grasso, Carlo aveva combattuto sette anni prima contro un tumore al cervello, debellato grazie a un miracoloso intervento chirurgico durato più di nove ore. Era stata proprio la grave malattia del fratello a spronare Valeria a iscriversi alla Facoltà di Medicina e Chirurgia e, successivamente, a scegliere di specializzarsi in oncologia.

Pur non immuni ai piccoli screzi e battibecchi tipici di una qualsiasi coppia di fratelli, Valeria e Carlo, soprattutto dopo la malattia di quest'ultimo, erano pressoché inseparabili, tanto che, pochi mesi prima, Valeria aveva lasciato l'appartamento dei genitori all'Esquilino e si era trasferita a vivere col fratello in un bilocale a via Firenze, dove Carlo viveva già da qualche mese.

«Qual è la tua pizzeria preferita?» chiese Carlo alla sorella mentre attraversavano via Boncompagni. «Qui a Roma, intendo.»

«Fino a un paio di anni fa ti avrei detto il *Cavallino Rosso*, vicino a casa di mamma e papà. Da quando hanno cambiato gestione, però, preferisco *Giggetto Il Re della Pizza* a via Alessandria, dove siamo stati stasera.»

«Sottoscrivo. Del resto, ci sarà pure un motivo per cui lo chiamano il re della pizza, no?» scherzò Carlo, sorridendo.

I due fratelli proseguirono a grandi falcate lungo via Piemonte. Avevano appena attraversato via Sallustiana e si trovavano qualche metro a destra del sagrato della Chiesa di San Camillo de Lellis, quando un improvviso stridio di freni seguito da un violento botto squarciò la quiete della serata.

20

Roma, via Lucullo
10 marzo 2022, ore 22:08

Julianus si rialzò velocemente in piedi. A parte una lieve escoriazione al braccio sinistro, poco sotto il polso, e una botta al ginocchio destro dovuta all'impatto col suolo, il salto dal primo piano non aveva avuto su di lui ripercussioni significative. I lunghi anni di vita militare avevano sottoposto il suo fisico a prove ben più ardue e logoranti di questa.

Scavalcata la bassa recinzione metallica che delimitava la striscia di prato su cui era atterrato, Julianus attraversò rapidamente la strada deserta e corse verso valle, lasciandosi sulla destra l'edificio da cui era appena fuggito.

La strada era piuttosto dissestata, notò Julianus. Invece delle pietre calcaree o basaltiche perfettamente levigate e allineate delle vie che Julianus era solito percorrere, la pavimentazione era costituita da un manto uniforme grigio scuro, rattoppato in alcuni tratti da "fazzoletti" di colore quasi nero. Non si notavano tracce di ruote di carri nella pavimentazione, segno che la via, pensò Julianus, doveva essere destinata prevalentemente al traffico pedonale.

A dispetto della strada così malridotta, le *insulæ*[86] che si affacciavano su di essa apparivano invece solide, eleganti e in ottimo stato di manutenzione.

---

[86] Le *insulæ* erano i condomìni dell'antica Roma. Il piano terra era in genere destinato a botteghe di vario tipo (le *tabernæ*), mentre i piani

Una serie di pali, equidistanti e sormontati da lampade prive di fuoco, proiettava coni di luce sulla strada. Una lastra metallica[87] nella pavimentazione stradale attirò la sua attenzione. Al centro di essa campeggiava la scritta "*SPQR*". *Senatus PopulusQue Romanus*. Il Senato e il Popolo di Roma. Julianus indugiò un istante di fronte alla lastra, perplesso, poi riprese la corsa, conscio che, da un momento all'altro, qualche *barbarus* avrebbe potuto vederlo.

Julianus svoltò a sinistra, frapponendo un'alta *insula* a cinque piani tra sé e l'edificio da cui era fuggito, nascondendosi così alla vista di potenziali inseguitori. Una targa sull'*insula* indicava VIA SALLUSTIANA. Il pensiero di Julianus corse a Gaius Sallustius Crispus, governatore della provincia dell'*Africa Nova*, che con lui aveva combattuto contro i pompeiani nel *Bellum Civile* appena concluso. Julianus aggrottò la fronte, scuotendo lievemente il capo, come ad allontanare un pensiero insensato.

Continuò a correre al centro di via Sallustiana. Sul portone principale dell'*insula* alla sua sinistra garrivano due delle tre bandiere che aveva già visto lungo la via precedente: quella blu con le stelle dorate—sì, erano decisamente delle stelle e non dei pallini—e quella a bande verticali verde, bianca e rossa. Una trentina o forse più scatole metalliche[88] color grigio chiaro erano ancorate alla facciata dell'*insula*, ciascuna posta verticalmente sotto a una finestra. Julianus non avrebbe mai potuto immaginare che quelle scatole erano in grado di generare piacevole aria

---

superiori ospitavano gli alloggi, in genere da tre a dieci stanze, via via meno pregiati verso l'alto.

[87] Si tratta di un tombino.

[88] Si tratta delle ventole di raffreddamento dei condizionatori d'aria.

fresca nei torridi mesi estivi.

Sul lato destro della strada erano parcheggiati degli strani carri metallici[89] di svariati colori, ma prevalentemente di tonalità tenui. Ciascuno di questi carri aveva l'aspetto di una scatola chiusa, con i sedili per i viaggiatori posti all'interno, riparati da vetri frontali, laterali e posteriori, e coperti da un tetto di metallo. Le ruote non erano di legno bensì di un materiale più morbido di colore grigio scuro. Nella parte anteriore dei carri non si vedeva in nessuno di essi l'attaccatura per i cavalli.

Julianus continuò la sua corsa e svoltò a destra in un'altra strada. Altri carri erano parcheggiati in entrambe le direzioni. La strada, tuttavia, così come le due precedenti, non mostrava alcun solco di ruote.

Julianus percorse veloce qualche decina di *pedes*, tenendosi sul lato destro della strada, e giunse a un quadrivio. Scartò rapidamente la strada alla sua destra, che lo avrebbe riavvicinato al luogo da cui era fuggito. Stava per imboccare la via alla sua sinistra quando una scritta sull'*insula* che separava la via al centro da quella a sinistra catturò la sua attenzione.

QVAE VRBEM SERVAVERVNT
HIC MOENIA SERVANTVR[90]

Julianus si avvicinò alla scritta, raggiungendo il centro del quadrivio.

Urbe era il termine con cui i Romani erano soliti riferirsi a Roma. Ma la città in cui si trovava non poteva essere Roma, di questo Julianus era sicuro. Troppe erano le differenze, nelle strade, negli edifici, nei carri, negli

---

[89] Si tratta, chiaramente, di automobili.
[90] *Qui vengono salvate quelle mura che hanno salvato l'Urbe.*

stendardi. Pressoché in tutto. Era possibile che questi barbari chiamassero Urbe la loro città, quasi a voler così emulare la potenza e la magnificenza di Roma? Doveva essere così, concluse Julianus.

Al di sotto della scritta si ergeva un muro in pessime condizioni, fatto di uno strato di mattoncini in laterizio sovrastati da mattoni più grandi in pietra calcarea. Il muro cessava in corrispondenza della strada laterale che Julianus era stato in procinto di prendere, per poi proseguire sull'altro lato penetrando nell'*insula* di fronte.

Improvvisamente Julianus sentì un rombo alla sua destra in rapido avvicinamento e un istante dopo fu abbagliato da due coni di luce bianca che scendevano veloci lungo la via centrale, puntando minacciosamente verso di lui.

21

Roma, via Antonio Salandra
10 marzo 2022, ore 22:09

Con la musica a tutto volume che faceva vibrare i finestrini della vecchia Volkswagen Maggiolino color arancio del 1984, Simone Di Sardo aspettava impaziente lo scattare del verde al semaforo di via Pastrengo, angolo via XX Settembre, tamburellando sul volante con le dita della mano destra. L'imponente complesso immobiliare del Palazzo delle Finanze, attuale sede del Ministero dell'Economia e delle Finanze, si ergeva alla sua destra.

Aveva passato la giornata con gli amici di sempre, a bere birre di infima qualità e farsi una canna dietro l'altra con la *maria*[91] che l'amico Lele si era procurato.

Vent'anni compiuti in gennaio, Sim, come lo chiamavano i suoi amici, aveva abbandonato gli studi dopo essere stato bocciato per la seconda volta di fila all'Istituto Tecnico Industriale Statale Galileo Galilei, all'Esquilino. Da allora passava gran parte delle sue giornate a casa di Lele, bevendo e fumando. L'anno precedente era stato fermato per un tentato scippo e aveva evitato l'arresto grazie al pronto intervento del padre, un noto avvocato che aveva parlato con le persone giuste e, con un paio di telefonate, ottenuto l'immediato rilascio del figlio. Da allora Sim aveva solennemente giurato al padre di tenersi lontano dai guai.

Finalmente il semaforo scattò al verde. Sim partì

---

[91] Marijuana.

sgommando, attraversò via XX Settembre e imboccò in accelerazione la discesa di via Salandra.

Imprecò ad alta voce quando le note dell'ultima canzone sfumarono e la sigla del giornale radio si diffuse nell'abitacolo.

Freneticamente, cominciò a rovistare nella cassettiera di fronte al sedile del passeggero in cerca della sua pennetta USB. Aveva più di un migliaio di canzoni in formato MP3 su quella pennetta, avrebbe trovato sicuramente qualcosa di meglio del giornale radio da ascoltare.

Ma dove si era cacciata quella fottutissima pennetta?
Sim abbassò lo sguardo verso la cassettiera e protese il busto in avanti, rovistando furiosamente all'interno della cassettiera con la mano destra, mentre la sinistra continuava a stringere il volante. Due pacchetti vuoti di sigarette fumate chissà quando, un Tuttocittà del 2012, un paio di fogli di carta ingialliti con annotazioni scritte a mano, un fazzoletto usato—*che schifo!*—, un pacchetto di caramelle Zigulì al limone scadute nel 2016, una penna Bic blu senza cappuccio. Niente, la pennetta sembrava scomparsa.

Con la coda dell'occhio sinistro percepì un movimento al centro della strada. Girò di scatto la testa e se lo vide davanti: un uomo vestito da legionario romano, immobile in mezzo alla strada, gli occhi sgranati fissi sui fari del Maggiolino ormai a un paio di metri da lui.

La reazione di Sim fu istintiva. Il piede destro volò sul pedale del freno e il Maggiolino inchiodò. Le ruote si bloccarono, le gomme persero aderenza e scivolarono sui sampietrini lasciando due strisce nere di pneumatici sul manto stradale. Il Maggiolino sbandò verso sinistra, sfiorando una Daewoo Lanos rossa parcheggiata accanto al marciapiede. Sim chiuse gli occhi e strinse il volante con tutte le sue forze, le nocche bianche per lo sforzo, preparandosi all'inevitabile impatto.

Un istante dopo il Maggiolino colpì il legionario con un fragore metallico. Il corpo dell'uomo, colpito sul fianco destro, venne scaraventato in aria per poi ricadere un paio di metri più avanti, vicino all'incrocio con via Carducci.

Sim sbatté violentemente la testa contro il vetro anteriore—le cinture di sicurezza del Maggiolino erano rotte da un paio d'anni—ma non perse conoscenza. Si tastò la fronte con la mano destra: non sanguinava. A parte la violenta capocciata, che sicuramente gli avrebbe procurato un bel bernoccolo, non sembrava essersi ferito né rotto nulla.

Ancora stordito dall'impatto, guardò in direzione del corpo dell'uomo che aveva appena investito, e che giaceva immobile sul selciato.

Il panico ebbe la meglio su di lui. Aveva bevuto e aveva fumato marijuana... sarebbe risultato positivo ai test di guida sotto l'effetto di alcool e pure di sostanze stupefacenti. Con le nuove leggi sull'omicidio stradale, questa volta lo avrebbero sbattuto in galera senza che suo padre potesse farci nulla.

Si guardò intorno. Nessuno sembrava aver assistito alla scena. In strada non si vedevano passanti né altre macchine, non gli sembrava di scorgere nessuna sagoma dietro i vetri delle finestre dei palazzi circostanti.

In una frazione di secondo Sim prese la sua decisione. Con una sgommata ripartì, imboccò via Piemonte e svoltò immediatamente a sinistra su via Sallustiana in direzione via Bissolati, deciso ad allontanarsi il più possibile dal luogo dell'incidente. Max, uno dei suoi amici, faceva il meccanico, lo avrebbe di certo aiutato a riparare la macchina e a far scomparire qualsiasi traccia di ciò che era avvenuto.

Nella foga del momento Sim non guardò nello specchietto retrovisore, altrimenti avrebbe visto il giovane alto e robusto che, accanto a una ragazza riccia, aveva appena fotografato col cellulare la targa del Maggiolino in fuga.

22

Il maggiore Young continuava a fissare muto il monitor del computer, appoggiato al bordo della scrivania, che stringeva con rabbia con entrambe le mani. Stava rivedendo quelle immagini per la seconda volta: un uomo piccolo di statura, un legionario romano a giudicare dall'abbigliamento, sbucava all'improvviso dal portale, si guardava intorno con aria smarrita e la spada sguainata, si avvicinava alla scrivania dove si trovava Young adesso, osservava con curiosità gli oggetti su di essa—monitor, tastiera e mouse—e si avvicinava con cautela alla porta, uscendo a questo punto dal campo visivo della telecamera. Dopo qualche secondo, si udiva la porta aprirsi e, poco dopo, chiudersi con delicatezza. L'intera sequenza durava meno di un minuto.

In corridoio si udivano gli uomini gridare e aprire le porte delle stanze metodicamente, una dopo l'altra, alla ricerca del legionario. Evidentemente non lo avevano ancora trovato.

Young si girò verso Lara, che nel frattempo aveva raggiunto lui e March nella stanza del portale, accompagnata da Watney.

«C'è qualcosa che non mi ha detto, dottoressa Mellini?» sibilò Young tra i denti.

«Sì, maggiore», ammise Lara, contrita. «Dopo che il sergente Fernández è stato accoltellato, il gestore ha chiamato a gran voce le guardie.»

Lara fece una breve pausa, rivedendo nitide davanti ai suoi occhi le immagini di quei momenti concitati, accaduti soltanto pochi minuti prima, eppure vecchi di oltre duemila anni.

«L'uomo che ha pugnalato Fernández si è precipitato fuori dalla locanda, seguito a ruota dagli altri due suoi compari. Gli altri avventori se la sono filata non appena il gestore ha iniziato a invocare l'arrivo delle guardie. Io ho preso Fernández sottobraccio e, insieme, siamo corsi in direzione del portale.»

Lara si asciugò con la manica la fronte imperlata di sudore, poi continuò: «Eravamo ormai giunti a poco più di cinquanta metri dal portale, quando abbiamo udito un uomo dietro di noi intimare di fermarci. Mi sono voltata e l'ho visto. Era a non meno di duecento metri da noi, ma, malgrado il buio, ho visto che si trattava di un legionario. E stava rapidamente guadagnando terreno su di noi.»

«Fernández continuava a perdere sangue, le sue gambe cominciavano a vacillare. Ad ogni passo sentivo il suo peso gravare sempre più su di me. Un istante prima di varcare il portale, mi sono voltata indietro un'ultima volta. Il legionario era ormai a non più di venti metri da noi. Per una frazione di secondo ho incrociato il suo sguardo, fiero e determinato. Era ormai sicuro di averci in pugno.»

«Un istante dopo io e Fernández eravamo qui. Nella frenesia dei minuti successivi, e il trasporto di Fernández in infermeria, non ho più pensato al legionario. Avrei dovuto informarvi in modo da disattivare immediatamente il portale, ma non l'ho fatto. E adesso quell'uomo è qui. Ed è colpa mia.»

Lara abbassò il capo, schiacciata dal peso della responsabilità delle possibili conseguenze della sua negligenza.

Un grido interruppe improvvisamente il pesante silenzio che si era venuto a creare nella stanza del portale.

«*Major, here! Second Floor, Ladies Restroom!*[92]»

Young si precipitò in corridoio, seguito a ruota da March e Watney. I tre uomini corsero su per le scale, seguiti da due *marines* armati di fucile. Lara rimase sola nella stanza del portale, fissando il monitor del computer, che ripeteva in un loop infinito la sequenza di immagini che Young aveva appena visionato.

«Lo avete trovato? Dov'è?» chiese Young non appena raggiunse la soglia del bagno delle donne.

«La finestra è aperta, la grata metallica è stata segata via», annunciò il soldato che li aveva chiamati. «È scappato», aggiunse, indicando la finestra dietro di sé.

«*Damn it*[93]!» inveì Young, digrignando i denti e stringendo i pugni per la stizza. «Fuori di qui! Inseguitelo! Non può essere lontano! Trovatelo e portatemelo qui! VIVO!» abbaiò, rosso in volto per il furore.

Una mezza dozzina di uomini si lanciarono lungo il corridoio, si precipitarono giù per le scale e raggiunsero in poco più di un minuto l'uscita su via Boncompagni, all'angolo con via Lucullo.

---

[92] *Maggiore, qui! Primo piano, bagno delle donne!*
[93] *Dannazione!*

23

Un clangore metallico aveva seguito di qualche istante il fragore dello schianto, come se un'auto avesse centrato un contenitore di metallo e lo avesse rovesciato rumorosamente sul selciato.

Valeria e Carlo, impietriti dinnanzi al sagrato della Chiesa di San Camillo de Lellis, scorsero un Maggiolino vecchio modello di colore rossiccio fermo all'incrocio con via Carducci. Un istante dopo il Maggiolino ripartì sgommando e avanzò a tutta velocità nella loro direzione. A pochi metri dalla loro posizione la vettura svoltò bruscamente a sinistra, con le ruote posteriori che persero aderenza sull'asfalto, imboccò via Sallustiana e scomparve nella notte, diretta verso via Veneto.

Né Valeria né Carlo riuscirono a vedere in faccia il conducente, che aveva il viso rivolto dalla parte opposta alla loro, concentrato sulla brusca svolta a sinistra, ma Carlo ebbe la prontezza di estrarre il suo Samsung S7 dalla tasca posteriore dei jeans e scattare una foto del Maggiolino con il numero di targa perfettamente leggibile nonostante la fioca luce dei lampioni stradali.

Carlo non fece in tempo a rimettersi in tasca lo smartphone che Valeria lo afferrò per un braccio, tirandolo verso il luogo dell'incidente. I due fratelli percorsero in pochi secondi la cinquantina di metri che li separavano dall'incrocio con via Carducci e, raggiunta l'estremità meridionale di via Piemonte, si trovarono di fronte al corpo di un uomo che giaceva bocconi sul selciato, inerme.

Un elmo di ferro semisferico gli proteggeva la testa, parte del collo posteriore, e le guance mediante due paragnatidi mobili. Una fitta trama di anelli metallici, ciascuno del diametro inferiore a un centimetro, copriva una tunica rossa di lana grezza che terminava poco sopra le ginocchia. Una grossa cintura di cuoio gli stringeva la vita, e a questa erano fissati una spada, inserita nella sua guaina, e un piccolo borsello di cuoio, entrambi sul fianco sinistro. Ai piedi portava degli stivaletti chiodati di cuoio con lacci, senza calze. Le gambe erano nude.

«Dio Santo!» esclamò Carlo alla vista del corpo.

«Maledetto bastardo! Lo ha investito ed è fuggito!» gli fece eco Valeria, inginocchiandosi a sinistra del corpo e afferrandogli il polso sinistro con la mano destra, l'indice e il pollice a cercare il battito cardiaco.

«È morto?» chiese Carlo, la voca carica di apprensione. Passarono un paio di secondi, Valeria china sul corpo, intenta a tastare il polso dell'uomo.

«No, respira», disse infine la ragazza. «Il battito è debole, ma regolare.»

«Meno male!» esclamò Carlo, con un sospiro di sollievo. «A giudicare da come è vestito, probabilmente è uno dei centurioni che fanno le foto coi turisti ai Fori... Certo, con questo freddo, ci vuole un bel coraggio ad andarsene in giro a gambe nude...»

«Mamma mia, quanto pesa questa roba!» esclamò Valeria, sollevando un lembo della *lorica hamata* di Julianus. «Saranno come minimo dieci chili!»

I due fratelli non si accorsero del braccio destro di Julianus che lentamente, un millimetro alla volta, si stava muovendo tra il selciato e l'addome, avvicinandosi sempre di più all'impugnatura del *gladius*.

***

Julianus ricordava due intensi coni di luce e, un istante dopo, la sezione frontale di un carro di metallo di colore arancio che rotolava sferragliando verso di lui. Il carro l'aveva colpito violentemente al fianco destro, poco sopra il bacino. Julianus era volato in aria per poi ricadere qualche *pedes* più a valle, sbattendo violentemente la testa a terra. Il *cassis*[94] gli aveva salvato la vita, impedendo che la testa si sfracellasse sul selciato.

Doveva aver perso i sensi, ma per quanto? Non lo sapeva.

Udì delle voci alla sua sinistra, una maschile e una femminile. Le voci sembravano distanti e ovattate, ma quella femminile gli appariva più vicina. Non parlavano latino, anche se alcune parole gli suonavano familiari: *mortuus... regulare...*

Qualcuno gli stava tenendo la mano sinistra, e un istante dopo gliela pose con delicatezza a terra. Sentiva un forte dolore al fianco. Doveva essersi rotto un paio di costole, pensò. Il braccio destro giaceva sotto il suo corpo, nascosto alla vista dei due *barbari*. Julianus cominciò a muoverlo lentamente verso l'impugnatura del *gladius*.

Con la testa girata verso destra, la paragnatide sinistra a contatto col selciato, Julianus non vedeva i due *barbari*, e non poteva sapere se fossero armati o meno. Di contro, i *barbari* lo credevano ancora privo di sensi: il fattore sorpresa era dalla sua parte. La sua sopravvivenza dipendeva da quanto sarebbe stato veloce a estrarre il

---

[94] Elmo di metallo.

gladius e a colpire i *barbari*, prima che loro colpissero lui. Sempre che non lo colpissero a morte mentre se ne stava sdraiato a terra, prima che potesse afferrare il *gladius*, pensò.

Il pollice e l'indice avevano già raggiunto l'impugnatura. Doveva muovere il braccio soltanto un altro po', e finalmente avrebbe potuto impugnare il *gladius* con tutte e cinque le dita.

Julianus sentì la donna sollevargli un lembo della *lorica hamata*, quasi soppesandolo, per poi lasciarlo ricadere con delicatezza un istante dopo, esclamando qualcosa che Julianus non riuscì a comprendere.

Finalmente tutte e cinque le dita della mano destra si strinsero intorno all'impugnatura del *gladius*. Julianus ignorò il dolore al fianco, rotolò improvvisamente il corpo di centottanta gradi verso destra e, sguainato il *gladius*, lo puntò alla gola della donna, che era inginocchiata accanto a lui. La donna sollevò le mani, imitata dall'uomo che era in piedi vicino a lei e sembrava disarmato.

Julianus osservò l'abbigliamento dei due *barbari*. Non lo sorprese il fatto che entrambi indossassero dei pantaloni, molto in uso tra le popolazioni barbariche. Ciò che lo sorprese fu la raffinatezza delle vesti. I pantaloni erano lisci, rifiniti con cura agli orli, e ben aderenti alle gambe. Le giacche, entrambe di pelle, erano strette in vita e chiuse sul davanti mediante una specie di nastro metallico. Sembravano fatte su misura per chi le indossava. Ai piedi non portavano semplici calzari, ma scarpe chiuse dall'aspetto confortevole e di pregevole fattura. Al polso destro la donna portava dei braccialetti metallici, forse d'argento, che le erano scesi fin quasi al gomito quando aveva sollevato le braccia. Entrambi portavano delle piccole cinture al polso sinistro[95].

La donna era poco truccata. Le labbra erano lucenti, ma non portava rossetto. Le palpebre non erano colorate di verde o di rosso, come era uso frequente a Roma. Dalle orecchie non pendeva alcun orecchino, al collo non vi era alcun monile, alle dita soltanto un anellino color giada all'anulare destro.

Gli occhi della donna erano grandi e di un verde intenso. Julianus li fissò per qualche secondo, cercando di leggervi le intenzioni della donna. Vi lesse timore—del resto, chi non ne avrebbe avuto con una spada puntata alla gola?—, ma anche una profonda empatia e dolcezza.

«Sono un'amica! Amica!» disse la donna, la voce tremante, le braccia alzate verso il cielo.

Amica... Nonostante la donna non avesse parlato latino, Julianus conosceva il significato di quella parola.

Continuò a fissare la donna negli occhi, rivolse un rapido sguardo all'uomo, sempre in piedi con le braccia alzate, per poi tornare a guardare la donna negli occhi.

Decise di fidarsi. Il fianco gli faceva un male infernale e il ginocchio sinistro sanguinava copiosamente. La testa aveva sbattuto violentemente sul selciato e sentiva il sangue sgorgare poco sopra la tempia sinistra e colargli, appena sotto la paragnatide, sulla guancia e sul collo. Era ferito ed era solo in terra *barbara*. Se quei due erano amici, potevano essere la sua salvezza.

Facendo leva sul braccio sinistro si alzò in piedi poi, lentamente, abbassò il *gladius*, mantenendo sempre gli occhi fissi in quelli della donna, valutando al tempo stesso, con la coda dell'occhio, qualsiasi movimento dell'uomo. A quel punto fece cenno ai due giovani di abbassare le mani e disse, rivolto a Valeria: «*Amica*».

---

[95] Si tratta dei cinturini degli orologi da polso.

L'uomo e la donna abbassarono le mani con evidente sollievo. La donna gli sorrise, un sorriso fatto di denti perfetti e bianchissimi.

«Mi chiamo Valeria. È ferito? Si sente bene? Vuole che chiami un'ambulanza?» chiese la donna, con una nota di sincera apprensione nella voce.

Julianus non rispose, aggrottando lievemente la fronte. Capì che la donna aveva detto di chiamarsi Valeria. Un nome romano, buon segno. Il tono nella voce della donna era quello di chi sta chiedendo qualcosa, ma Julianus non capì il significato di nessuna delle domande che gli erano state rivolte.

«Io sono Carlo», si inserì l'uomo. «Dovremmo chiamare anche i vigili per denunciare il pirata che l'ha investita. Sono riuscito a fotografare il numero di targa col cellulare. Vuole che chiami uno dei militari del comando qui di fronte?» domandò, indicando una targa in marmo su un edificio a non più di una dozzina di *passus*[96] da loro.

Militaris... Julianus non capiva che cosa l'uomo stesse dicendo, ma sembrava fosse intenzionato a chiamare dei soldati.

«*Nemo miles!*[97]» tagliò corto, sollevando nuovamente il *gladius* contro i due giovani.

«Okay okay okay, come non detto», si affrettò a dire Carlo, alzando nuovamente le braccia, imitato dalla sorella.

Julianus li guardò negli occhi per qualche secondo, poi abbassò il *gladius*.

«Che lingua parla?» chiese Carlo a bassa voce, rivolto alla sorella.

---

[96] Un *passus* (plurale: *passus*) equivale a cinque *pedes* e corrisponde a 1,48 metri.
[97] *Nessun militare!*

«Non lo so. Potrebbe essere spagnolo. Forse è un latino-americano immigrato in Italia illegalmente. Non ha il permesso di soggiorno e per questo vuole evitare ospedali e forze dell'ordine. Portiamolo da don Renato. Non gli negherà un piatto caldo e un letto per dormire», suggerì Valeria.

«Sei proprio sicura che sia una buona idea?» chiese Carlo, perplesso. «Ci ha appena minacciato con una spada... Non credo abbia tutte le rotelle a posto... guarda anche com'è vestito...»

«Sento di potermi fidare di lui», ribatté Valeria, convinta. Quindi si rivolse a Julianus, facendogli segno di seguirli con la mano destra. «Venga, venga con noi.»

Carlo e Valeria si incamminarono lungo via Piemonte, Julianus un paio di metri dietro di loro, col *gladius* stretto nella mano destra.

Dopo qualche decina di metri raggiunsero un piccolo edificio a due piani in mattoncini rossi. Il numero 41, in nero su sfondo bianco, campeggiava sull'arcata in travertino al di sopra di un portone scuro di legno massiccio.

Valeria si avvicinò al portone e premette il pulsante del citofono alla destra di questo. Dopo qualche secondo, un'intensa voce baritonale tuonò dall'apparecchio. «Chi è?»

«Don Renato, siamo Valeria e Carlo. Ci dispiace disturbarla a quest'ora». Valeria aveva colto un lieve biascicamento nelle parole del sacerdote, segno che, probabilmente, lo squillo del campanello lo aveva appena svegliato. «Abbiamo assolutamente bisogno del suo aiuto.»

«Valeria cara!» La voce di don Renato si fece improvvisamente gioiosa e vispa. Uno scatto nel portone ne segnalò l'apertura. «Entrate figlioli, venite avanti. È aperto!»

Valeria e Carlo entrarono, seguiti da Julianus, che chiuse il portone alle sue spalle.

***

In quello stesso istante il tenente McDougall e altri due *marines* americani, giunti al termine di via Sallustiana, svoltarono su via Piemonte e si guardarono intorno, in cerca del fuggitivo. La strada era deserta.

***

«Accomodatevi, figlioli», disse don Renato, scostando una delle quattro sedie di metallo dal malmesso tavolo in formica che occupava la parte centrale della modesta cucina del prete. Una lampadina a incandescenza pendeva dal soffitto, leggermente spostata a destra rispetto al centro del tavolo, e gettando su questo un cono di debole luce giallastra. Un vecchio telefono a rotella, con la cornetta di una tonalità di grigio leggermente più scura del resto, troneggiava sul mobiletto bianco alla sinistra della finestra.

Don Renato, sessant'anni da compiere in giugno, era un romano verace, e ne andava fiero. Nato nel 1962 a Testaccio, nel cuore della Capitale, aveva abitato da ragazzo in via Mastro Giorgio, all'angolo con piazza Testaccio. Intrapresa la carriera ecclesiastica, aveva servito dapprima come vicario parrocchiale nell'antichissima Basilica di San Vitale, nel Rione Monti e, successivamente, era stato viceparroco nella Basilica dei

Santi Silvestro e Martino ai Monti, all'incrocio tra viale del Monte Oppio e via Equizia. Quattro anni prima, nel 2018, era diventato il parroco di San Camillo de Lellis. Da sempre attivo nell'accoglienza dei migranti e nell'aiuto ai senzatetto, non si tirava mai indietro quando c'era da servire un piatto di minestra oppure offrire un giaciglio su cui riposare.

Entusiasta, passionale e sanguigno, univa un'incrollabile fede in Dio a una passione viscerale per l'Associazione Sportiva Roma, di cui non perdeva una partita da quand'era ragazzino. La passione sportiva gli faceva vivere, ogni anno, una sua personalissima quaresima tra il 28 maggio, data funesta dell'addio al calcio di Francesco Totti, forse il più grande calciatore nella storia della Roma, e il 17 giugno, giorno dell'apoteosi, quando la squadra giallorossa, nel 2001, aveva conquistato il terzo scudetto della sua storia.

«Cosa posso fare per voi, figlioli? Se siete venuti per le prove della Via Crucis, siete parecchio in anticipo», disse il sacerdote, indicando il legionario romano alle spalle di Valeria e Carlo. «Pasqua è tra più di un mese[98]...»

«Ecco, è proprio di lui che vorremmo parlarle...» esordì Valeria.

«Oh Santo Cielo! Ma tu sanguini, figliolo!» esclamò Don Renato, accorgendosi soltanto allora del sangue che colava sul collo di Julianus e della brutta ferita al ginocchio sinistro. «Cosa ti è successo? No, me lo dirai dopo. In bagno dovrei avere della garza e dei disinfettanti. Spero non siano scaduti. Torno subito. Aspettatemi qui, non vi muovete.»

Come un fiume in piena, l'esuberante parroco di San Camillo si fiondò nell'angusto bagno alle sue spalle e

---

[98] Domenica 17 aprile 2022.

cominciò a rovistare rumorosamente in un armadietto posto sotto al lavandino.

Valeria rimase per qualche secondo a bocca aperta, sul punto di dire qualcosa, ma lasciò perdere quando si rese conto che il sacerdote era già entrato in bagno e non l'avrebbe ascoltata comunque.

Dopo un paio di minuti e un trionfalistico *"Eureka!*[99]*"* esclamato a gran voce nel momento in cui localizzò la bottiglietta del disinfettante, don Renato tornò in cucina.

«Figliolo», disse, rivolto a Julianus. «Mettiti un po' di Citrosil sulle ferite. Qui c'è una benda e una garza sterile. Il disinfettante non è scaduto, ho controllato un attimo fa. È buono fino a novembre 2023 e non ho ancora mai dovuto aprire il flacone, sia lodato Gesù Cristo. Ho preso anche un cerotto a nastro della Leukoplast. Alla sinistra del televisore», aggiunse, indicando un vecchio apparecchio a tubo catodico di colore grigio scuro da 19 pollici all'estremità destra del piano di lavoro della cucina, «c'è un paio di forbici. Taglia quello che ti serve. Su figliolo, forza! E togliti quell'elmo. Ti farò recitare la parte del centurione alla Via Crucis, stai tranquillo. La divisa da legionario ti sta benissimo.»

«Non credo che la capisca», riuscì a dire Valeria, tra un'ondata e l'altra dell'oceano di parole che don Renato stava rovesciando senza sosta sui tre giovani.

«Oh!» esclamò sorpreso don Renato. «Perdonami, figliolo... non me ne ero reso conto. Di dove sei?»

Julianus lo guardava perplesso, senza capire.

«Do you speak English? What's your name? Where are you from? Do you understand me?[100]*»*

Julianus rimase muto, sollevando un sopracciglio.

---

[99] *Trovato!* (greco)
[100] *Parli inglese? Come ti chiami? Da dove vieni? Mi capisci?*

Don Renato non si diede per vinto. «*¿Hablas español?*
¿Vienes de España? ¿Eres latinoamericano? ¿Argentino?
¿Mexicano? ¿Me entiendes?[101]»

Julianus non dava segni di capire.

Don Renato recitò le poche parole in portoghese che conosceva. «*Falas portugues? Você é Brasileiro? Você me entende?*[102]»

Julianus si batté leggermente il petto con la mano destra e disse «*Roma.*»

«Roma?» Don Renato aggrottò la fronte per un paio di secondi, poi d'un tratto si illuminò, come se avesse avuto una rivelazione improvvisa. «Romania! Sei Romeno?»

«*Romanus*», sembrò confermare Julianus.

«Perfetto!» si rallegrò don Renato. Un attimo dopo, però, si accigliò. «Mica tanto perfetto... io non parlo una parola di romeno... Come facciamo a comunicare?»

«Aspetti un istante, padre», intervenne Valeria, estraendo dalla tasca del giubbotto di pelle un Samsung S10. «Vediamo se Google Translate ci dà una mano.»

Valeria aprì la custodia protettiva, di colore rosa sgargiante, e attivò lo smartphone digitando la password di accesso. Lo schermo si illuminò di un'intensa luce bianca mentre Valeria avviava l'app del traduttore di Google.

Julianus, alle spalle di Valeria, d'istinto fece un balzo indietro, colto di sorpresa dalla luce emessa da quella che a lui sembrava una tavoletta di argilla scura. Il gesto improvviso e lo smarrimento che gli si leggeva sul volto non sfuggirono a don Renato, che, pur sorpreso dalla reazione del giovane, cercò di tranquillizzarlo.

---

[101] *Parli spagnolo? Vieni dalla Spagna? Sei latino-americano? Argentino? Messicano? Mi capisci?*
[102] *Parli portoghese? Sei brasiliano? Mi capisci?*

«Tranquillo, figliolo. Non hai mai visto uno smartphone?»

«Allora...» disse Valeria, che nel frattempo aveva aperto l'app e selezionato *italiano* e *romeno* come lingue per la traduzione. «*Come ti chiami* in romeno si dice *cum te cheamă*. Non ho idea di come si pronunci l'ultima parola. Sentiamo il clip audio.»

Valeria diede un lieve colpetto con l'indice destro sullo schermo dello smartphone e una bassa voce maschile formulò la domanda in romeno.

La voce che uscì dalla tavoletta luminosa sconvolse Julianus, che si sentì improvvisamente minacciato dalla presenza di un quarto *barbarus*, di cui udiva la voce senza però riuscire a localizzarlo. Estrasse istintivamente il *gladius* e, tenendolo puntato davanti a sé, scandagliò l'ambiente circostante pronto a cogliere il minimo movimento.

«Ehi ehi ehi! Nel nome di Dio, giù le armi figliolo. Giù le armi», intimò don Renato, alzandosi in piedi e facendo cenno a Julianus con la mano destra di abbassare la spada. «Niente armi nella Casa del Signore.»

Passò qualche secondo in cui i due uomini si fronteggiarono senza dire una parola, a pochi centimetri di distanza. Don Renato, pur non essendo particolarmente alto, col suo metro e settantatré sovrastava Julianus di almeno una decina di centimetri. I due uomini si guardarono negli occhi, mentre Valeria e Carlo, rimasti ai margini del tavolo, assistevano col cuore in gola alla scena. Dopo qualche istante Julianus abbassò il *gladius* e, lentamente, lo infilò nuovamente nella guaina.

«*Tibi gratias ago, Domine!*[103]» esclamò don Renato, le mani giunte e gli occhi rivolti verso l'alto, visibilmente sollevato per il pericolo scampato.

---

[103] *Ti ringrazio, Signore!*

«*Latine loqueris? Mihi nomen est Julianus. Civis Romanus sum*[104]», disse Julianus, il volto illuminato di rinnovata speranza. Valeria, Carlo e don Renato lo osservarono a bocca aperta, stupefatti.

***

Valeria aiutò Julianus a disinfettare col Citrosil l'escoriazione al ginocchio e la ferita in testa. Il taglio, fortunatamente, era solo superficiale e non necessitava di punti di sutura. Applicò quindi la garza sterile poco sopra il sopracciglio sinistro dell'uomo e la fissò con un cerotto Leukoplast della lunghezza di circa quattro centimetri. Infine gli fasciò il ginocchio con la garza e chiuse la fasciatura con una spilla da balia che don Renato aveva trovato rovistando in un cassetto della cucina. Un paio di costole erano verosimilmente rotte—sarebbe servita una radiografia per confermarlo o smentirlo—, ma per quelle non era necessaria nessuna medicazione o fasciatura. L'unico rimedio era il tempo, e Julianus avrebbe dovuto convivere col dolore per parecchie settimane. Gli occhi di Julianus incontrarono quelli di Valeria più volte nel corso della medicazione, e Valeria non poté fare a meno di provare un fremito di eccitazione, lusingata dalle attenzioni di quell'uomo.

Julianus parlò per una ventina di minuti, interrotto di tanto in tanto da don Renato, che traduceva a Valeria e Carlo quanto raccontato dal legionario.

Disse di chiamarsi Publius Liburnius Julianus, quarto di sette figli. Era nato, nell'anno in cui erano consoli *Gaius Aurelius Cotta* e *Lucius Octavius*, a *Crepsa*, un'isola nella

---

[104] *Parli latino? Il mio nome è Julianus. Sono un cittadino Romano.*

151

parte settentrionale della Provincia dell'*Illyricum*. Sferzata, soprattutto nei mesi invernali, da un gelido vento proveniente dalle *Alpes Dalmaticæ*, Crepsa era un'isola pietrosa accarezzata da un mare di cristallo, i cui abitanti si dedicavano prevalentemente alla pesca, alla pastorizia, e al commercio marittimo.

A diciassette anni Julianus aveva lasciato la famiglia per unirsi alla XII Legione, sotto il comando del proconsole *Gaius Julius Cæsar*. Aveva successivamente partecipato alla campagna di Gallia, combattendo contro i Nervi sul fiume Sabis e prendendo parte al vittorioso assedio dell'*oppidum*[105] di Alesia, la cui conquista aveva sancito il trionfo romano in Gallia.

Aveva successivamente combattuto in Grecia, a *Pharsalus*, nel *Bellum Civile* contro le truppe di *Gnæus Pompeius Magnus*. Per la sua lealtà al *dictator* e il suo eroismo sul campo di battaglia, era quindi entrato a fare parte delle guardie scelte di Cesare, e da allora prendeva ordini direttamente da lui. Da pochi mesi era tornato a Roma, dove, quando i doveri militari non lo reclamavano altrove, soggiornava sul Palatino, nella *domus* di una delle sue sorelle, Silvia, andata in sposa a un ricco patrizio romano di nome *Quintus Aurelius Pulcher*.

Quella notte, mentre pattugliava gli *Horti Cæsaris*[106] sul Quirinale, nelle vicinanze di Porta Collina, era stato richiamato dalle grida del gestore di una *popina*, che invocava a gran voce l'intervento delle guardie. Un uomo

---

[105] *Città fortificata.*
[106] *Giardini di Cesare*, tra i colli Pincio e Quirinale. L'area fu successivamente acquistata da Gaio Sallustio Crispo e divenne nota come *Horti Sallustiani*. Al giorno d'oggi, l'area compresa tra via XX Settembre, Corso d'Italia, via Calabria, via Boncompagni, via Lucullo e largo di Santa Susanna prende il nome di *Rione Sallustiano*.

era stato pugnalato nel corso di una partita a *tesseræ*—evento non così raro in una *popina*, aveva aggiunto Julianus—. L'aggressore e i suoi due compari si erano dileguati nella notte prima che il gestore e gli altri avventori si fossero resi conto di quanto accaduto. La vittima, che era in compagnia di una donna, pur perdendo copiosamente sangue dal fianco sinistro, aveva lasciato la *popina* pochi istanti dopo, e, sorretto dalla donna, si era incamminato barcollando in direzione del *Mons Pincius*[107].

Julianus, seguendo con lo sguardo il braccio teso del gestore della *popina*, che indicava la direzione presa dai due fuggitivi, aveva scorto due figure in lontananza, che, con passo incerto, si avviavano su per la collina lungo un sentiero sterrato. Si era quindi gettato al loro inseguimento, intimando loro ripetutamente di fermarsi. I due avevano invece affrettato il passo ed erano riusciti a raggiungere un grande anello circolare di metallo, alto quanto un uomo adulto, che si ergeva ai margini del sentiero, parzialmente nascosto dietro un folto cespuglio di alloro. E d'un tratto erano inspiegabilmente scomparsi, come se la notte li avesse inghiottiti.

Julianus raccontò quindi come, varcato anch'egli l'anello metallico, si fosse d'un tratto ritrovato in una stanza bianca e luminosa, che descrisse con dovizia di particolari. Narrò poi della sua fuga da quella strana *insula*, della corsa per le strade deserte, e del carro di metallo senza cavalli che lo aveva travolto.

Don Renato lo ascoltava, perplesso, con molta attenzione. Valeria e Carlo, che riuscivano a cogliere solo qualche parola sporadica di ciò che Julianus diceva, attendevano con malcelata curiosità le sintetiche

---

[107] *Monte Pincio.*

traduzioni del sacerdote.

***

«Cosa ne pensi?» chiese Valeria a bassa voce al fratello. I due giovani erano in piedi, a pochi centimetri l'uno dall'altra, vicini allo stipite destro della porta che collegava la cucina di don Renato al bagno. Julianus continuava a conversare col sacerdote, che gli chiedeva maggiori dettagli sul suo passato e sulle circostanze che lo avevano portato fin lì.

«Cosa vuoi che pensi? Quel tizio è completamente svitato, ecco cosa penso. Forse è stata la botta in testa che ha preso, forse era così anche prima, chi lo sa? Strano che non ci abbia detto di essere Giulio Cesare in persona. Oppure Massimo Decimo Meridio[108]. Io chiamerei la neuro...»

«Eppure ci sono tanti dettagli che collimano perfettamente con quanto ci ha detto», ribatté Valeria.

«Tipo?» chiese Carlo, aggrottando la fronte.

«Ha detto di essere nato a *Crepsa*, un'isola nella provincia dell'*Illyricum*. Ho fatto una breve ricerca su internet col cellulare e l'isola esiste. Oggi si chiama Cres—in italiano Cherso—e fa parte della Croazia. *Crepsa* era il nome latino. E, nel primo secolo avanti Cristo, l'isola faceva effettivamente parte della provincia romana dell'*Illyricum*. Oggi è una delle destinazioni turistiche più ambite della Croazia.»

«Non mi pare che questo provi granché... magari c'è andato in vacanza l'estate scorsa e ha letto la storia

---

[108] Il protagonista del film di Ridley Scott *Gladiator*, impersonato da Russell Crowe.

dell'isola nella guida turistica...»

«Questo è vero, te lo concedo. Però anche le date corrispondono. Ha detto di essere nato nell'anno in cui erano consoli *Gaius Aurelius Cotta* e *Lucius Octavius*. Secondo Wikipedia, i due sono stati consoli nel 75 avanti Cristo. Julianus ha detto di essersi unito alla XII Legione e di aver combattuto a diciotto anni contro i Nervi sul Sabis. La battaglia del Sabis è avvenuta nel 57 avanti Cristo, ossia effettivamente diciotto anni dopo il consolato di Cotta e Octavius. Giulio Cesare, all'epoca, era effettivamente proconsole. E la XII Legione, sotto il comando di Cesare, ha effettivamente combattuto sul Sabis, ad Alesia e, successivamente, a Farsalo nella guerra civile contro Pompeo.»

«Valeria», disse Carlo, in tono accondiscendente. «Come le hai trovate tu navigando cinque minuti su Internet, queste informazioni sono a disposizione di chiunque.»

«Quest'uomo è vestito esattamente come un legionario romano del primo secolo avanti Cristo. Il tipo di elmo, di armatura, di spada, di calzari... tutto combacia alla perfezione. Anche la sua statura corrisponde ai canoni del tempo. I Romani dell'epoca erano alti in media tra un metro e cinquantacinque e un metro e sessanta.»

«Di uomini bassi di statura ce ne sono molti anche al giorno d'oggi...» ribatté Carlo, poco convinto. «Forse questo tizio è un attore che stava girando un film sulla Roma di Cesare. Poco fa se ne stava tornando tranquillamente a casa, dopo una lunga giornata di riprese, ed è stato investito da un pirata della strada. La botta che ha preso l'ha portato a immedesimarsi col personaggio che interpretava.»

«A parte il fatto che mi pare alquanto improbabile che

uno se ne torni a casa di sera indossando gli abiti di scena, compresa un'armatura di almeno una decina di chili... Ma la botta in testa è stata tale da permettergli di parlare fluentemente latino?» ribatté Valeria. «E poi, hai visto che razza di reazione ha avuto quando ha sentito il clip audio? Sembrava avesse visto un fantasma...»

«Se è un attore, è abituato a recitare...» commentò Carlo, senza aggiungere altro.

«Offrigli un caffè», disse d'un tratto Valeria, un lampo di furbizia negli occhi.

«Eh? Sono le dieci passate», protestò Carlo, guardando l'ora sull'orologio Breil Tribe che portava al polso. «Tutt'al più un decaffeinato.»

«Offrigli un caffè», ripeté Valeria con un sorriso. «Va bene anche decaffeinato.»

24

«Avete trovato qualcosa?» chiese la McDougall a Flynn.

«Nulla... Sembra essersi volatilizzato», rispose Flynn con una nota di sconforto nella voce.

I sei *marines* si erano divisi in due gruppi all'angolo tra via Lucullo e via Sallustiana. Il terzetto guidato dalla McDougall aveva imboccato via Sallustiana e svoltato a destra su via Piemonte. Quello capeggiato da Flynn aveva invece proseguito su via Lucullo e aveva successivamente svoltato su via Carducci. I due gruppi si erano ritrovati sul marciapiede all'angolo tra via Carducci e via Piemonte.

Gli anabbaglianti di una Fiat Punto bianca illuminarono l'incrocio mentre la vettura percorreva rumorosamente la pavimentazione sconnessa di via Salandra. Quando la Punto attraversò l'incrocio, si udì lo schianto di un pezzo di vetro che andava in frantumi, schiacciato da uno degli pneumatici dell'automobile.

«Cos'è stato?» chiese la McDougall.

«Sembrava il rumore di vetro frantumato», rispose Flynn, dirigendosi verso il punto in cui un attimo prima era transitata la Fiat.

Flynn posò il ginocchio destro a terra e raccolse un paio di frammenti di vetro. «Si direbbe il vetro di un fanale anteriore. Non so dire che marca e modello, ma se necessario lo scopriremo.»

«Tenente, venga a vedere qui!» disse uno dei *marines*, un ventenne di origine asiatica di nome Cheng.

«Segni di frenata... e anche parecchio brusca, sembrerebbe», commentò Flynn, dopo essersi avvicinato a Cheng.

«Qui c'è del sangue... ancora fresco», disse la McDougall, mentre, piegata sulle gambe, si accarezzava col pollice il dito indice macchiato di un liquido viscoso rosso scuro. «Il nostro uomo potrebbe essere stato investito da una macchina».

«Forse da quella Volkswagen color arancio che abbiamo visto sfrecciare su via Sallustiana qualche minuto fa», aggiunse uno dei *marines*, un biondo californiano di nome Jimmy Hott.

«Dividiamoci in tre gruppi», suggerì Flynn. Cheng ed io risaliremo via Salandra. Larson e Hott setacceranno via Carducci in direzione est. Tu», disse, rivolto alla McDougall, «prendi con te March e perlustrate via Piemonte e via Mario Pagano. Se è ferito, forse non è andato molto lontano. Potrebbe essersi nascosto qui intorno, magari dietro una macchina parcheggiata, all'interno di un portone, o addirittura dentro un cassonetto. Cercate dappertutto!»

Poi si guardò intorno, come alla ricerca di qualcos'altro. Il suo sguardo spaziò a trecentosessanta gradi, passando al setaccio tanto i portoni degli edifici quanto le porte e le vetrine dei negozi visibili dal punto in cui la McDougall aveva rinvenuto tracce di sangue. I suoi occhi si illuminarono quando vide la piccola telecamera a circuito chiuso installata a destra della seconda vetrina di via Salandra. Era rivolta esattamente verso l'incrocio.

«Cheng!» ordinò. «Trovami chi gestisce quel negozio. Nome, cognome, indirizzo e numero di telefono. Tutto quello che riesci a trovare. Voglio avere quei filmati il prima possibile.»

«*Yes, sir!*» obbedì il soldato, e digitò immediatamente nome e indirizzo del negozio nel motore di ricerca di Google sul suo smartphone.

25

Il trillo acuto del telefono destò Mario Savoiardi dal suo placido sonno. Si era di nuovo assopito sul divano davanti alla televisione, guardando uno dei tanti Reality Show proposti nel palinsesto Mediaset. Aveva probabilmente mangiato troppo, si disse, quasi per giustificare il fatto di essersi concesso anzitempo all'abbraccio di Morfeo. Centocinquanta grammi di spaghetti Voiello trafilati al bronzo, uova biologiche della campagna laziale, pecorino romano DOP stagionato in grotta 24 mesi, e guanciale di Norcia: una carbonara da applausi... Accompagnata, naturalmente, da una generosa innaffiata di vino Genazzano rosso DOC... Il solo ricordo gli faceva tornare l'acquolina in bocca.

Isidoro, il suo gatto soriano di otto mesi dal pelo fulvo, sonnecchiava beatamente, accoccolato sul prominente addome del padrone, apparentemente indifferente ai fastidiosi squilli del telefono.

Savoiardi infilò i piedi nelle pantofole De Fonseca color grigio antracite e spostò Isidoro sul divano. L'animale si stiracchiò platealmente gli arti anteriori, sbadigliò, quindi proseguì a dormire come se nulla fosse. Savoiardi si allacciò l'elegante vestaglia di velluto blu e si diresse verso il cordless Gigaset S850HX nero che continuava a suonare incessantemente.

«Pronto?» esordì, afferrando l'apparecchio, la voce leggermente impastata dal sonno.

Savoiardi tacque, mentre una voce all'altro capo del telefono avanzava la sua richiesta in tono autoritario. «Vengo subito, signor Ambasciatore», disse dopo pochi secondi. «Una decina di minuti e sono in via Salandra», aggiunse, chiudendo la comunicazione. Si vestì in tutta fretta—non si accorse di aver indossato due calzini spaiati—, agguantò le chiavi della macchina e il portafoglio, e chiuse dietro di sé la porta dell'appartamento.

Isidoro non lo aveva degnato di uno sguardo.

26

Roma, Chiesa di San Camillo de Lellis
10 marzo 2022, ore 22:51

Carlo inserì una capsula di Arpeggio decaffeinato nella macchina Inissia XN100 di colore rosso acceso che don Renato custodiva gelosamente sul lato sinistro del piano di lavoro della piccola cucina. Il caffè Nespresso era uno dei pochi piaceri della gola che il sacerdote si concedeva, e trovava il gusto delle capsule molto più appagante del caffè fatto con la sua vecchia moka.

Quando l'erogazione del caffè fu completa, Carlo afferrò il barattolo dello zucchero—un semplice contenitore in vetro dal coperchio a scacchiera bianca e rossa, probabilmente in origine un vasetto di marmellata—e versò mezzo cucchiaino di zucchero di canna nella tazzina di porcellana bianca.

«Faccio un caffè anche per lei, Padre?»

«No, figliolo. Grazie», rispose il sacerdote, che appariva decisamente turbato.

«Caffè decaffeinato», disse Carlo, facendo scorrere delicatamente il piattino con la tazzina fumante verso il lato del tavolo dove sedeva Julianus. Dopo essersi visto puntare una spada contro per ben tre volte nell'ultima mezz'ora, Carlo si sentiva più tranquillo se c'era un tavolo a dividerlo da quello che lui continuava a considerare nient'altro che uno squilibrato.

Julianus osservò perplesso il liquido nero. Sollevò la tazzina e ne annusò il contenuto corrugando la fronte. Avvicinò quindi la tazzina alla bocca quanto bastava per bagnarsi appena le labbra. Si passò poi la lingua sulle labbra e assaggiò il liquido scuro socchiudendo leggermente gli occhi. «*Quid est?*[109]» chiese infine.

«Come pensavo», commentò Valeria con soddisfazione. «Padre, ha delle patate o dei pomodori?»

«Nel frigorifero dovrebbero esserci ancora due o tre pomodori. Patate...» fece una breve pausa, accarezzandosi il mento con la mano destra. «Non ne sono sicuro. Dai un'occhiata al contenitore in terracotta vicino alla macchinetta Nespresso. Se ne è rimasta qualcuna, dovrebbe essere lì.»

Valeria aprì il frigorifero, un Bosch di almeno vent'anni, e dopo qualche secondo ne estrasse un paio di appetitosi pomodori pachino. Si spostò quindi di un paio di passi a sinistra e sollevò il coperchio del contenitore di terracotta che don Renato le aveva indicato. Rovistò delicatamente con la mano destra, e tra un paio di teste d'aglio e una mezza dozzina di cipolle, estrasse, con un sorriso compiaciuto, una patata. Si girò quindi verso il tavolo e porse i pomodori e la patata a Julianus.

Julianus guardò smarrito i tre oggetti, quindi afferrò la patata, la osservò con curiosità rigirandosela in mano, la annusò, e, se non fosse stato per il pronto intervento di Valeria che gli urlò «No! Fermo!» mentre se la stava portando alla bocca, l'avrebbe morsa.

Julianus guardò Valeria confuso, posando la patata nuovamente sul tavolo. «*Edendum non est?*[110]» chiese.

«Quest'uomo non conosce caffè, patate e pomodori perché non esistevano a Roma nel primo secolo avanti Cristo! La diffusione del caffè in Europa risale al Medioevo, mentre patate e pomodori sono arrivati

---

[109] *Cos'è?*
[110] *Non si può mangiare?*

dall'America!» disse Valeria con fervore, rivolta al fratello e al sacerdote.

«Non sono solo caffè, patate e pomodori ciò di cui questo figliolo sembra ignorare l'esistenza», disse sconfortato don Renato. «Mentre stavate preparando il caffè, mi ha chiesto quale fosse il mio lavoro. Gli ho risposto che sono un servitore di Nostro Signore Gesù Cristo. Mi ha chiesto chi fosse questo Gesù Cristo e quanti altri servitori ci fossero nella sua *domus*.» Don Renato scosse la testa sconsolato. «O quest'uomo è un attore fenomenale... oppure sta dicendo la verità, anche se non capisco come sia possibile.»

27

Flynn e Cheng erano in attesa davanti alla seconda vetrina di via Salandra, a qualche metro dalla telecamera che Flynn aveva individuato circa quaranta minuti prima. Dopo mezz'ora di perlustrazione a tappeto all'interno del pentagono di strade delimitato da via Salandra, via XX Settembre, via Quintino Sella, via Sallustiana e via Piemonte, i tre gruppi di *marines* si erano ricongiunti nel punto in cui erano state rinvenute le tracce di sangue. Flynn, informato telefonicamente dall'Ambasciatore Harlan dell'imminente arrivo del titolare del negozio cui apparteneva la telecamera, era rimasto sul posto con Cheng, mentre la McDougall e gli altri tre *marines* avevano fatto ritorno sconsolati all'Ambasciata.

Proprio in quell'istante i fari di un'Alfa Romeo Giulia di colore rosso illuminarono i due soldati americani. La vettura rallentò, salì sul marciapiede con le due ruote destre, e si fermò a meno di un metro dal primo di sedici dissuasori a paletto fisso in ghisa posti sul marciapiede. Savoiardi accese le quattro frecce—pregando la sua buona stella che non passassero i vigili—e, sceso dalla vettura, si avviò verso i due militari che gli stavano venendo incontro con passo deciso.

«Tenente Jack Flynn. Lui è il soldato Mike Cheng. È lei il signor Savoiardi?» chiese con un marcato accento americano il soldato più anziano, coi capelli brizzolati tagliati a spazzola e i baffetti a matita.

«Sì, sono io. L'Ambasciatore Harlan mi ha detto che vorreste visionare i filmati della telecamera del mio negozio.»

«Esatto. Faccia strada, prego», tagliò corto Flynn, che non era intenzionato a perdere tempo prezioso in chiacchiere.

Savoiardi abbozzò un sorriso di circostanza mentre estraeva le chiavi del negozio dalla tasca dei jeans Armani blu. Aperta la porta d'ingresso e accese le luci del negozio, Savoiardi raggiunse una scrivania posta nell'angolo destro della sala, e accese il monitor da 24 pollici che si trovava su di essa. Si sedette quindi alla scrivania e digitò una breve sequenza di comandi sulla tastiera. Le immagini della telecamera esterna vennero visualizzate sul monitor davanti a lui.

«Queste sono le immagini trasmesse in diretta dalla telecamera. I numeri che leggete in basso a destra sono la data e l'ora. Come vedete, ora sono le 22:53 del 10/3/2022», spiegò Savoiardi, indicando i numeri sullo schermo. Flynn e Cheng erano in piedi alle sue spalle.

«Può fare un *fast rewind*[111]? Ci interessa l'intervallo tra le 22:04 e le 22:14 circa», disse Flynn.

«Subito, signor tenente!»

Savoiardi premette un paio di tasti, e i numeri sullo schermo cominciarono a scorrere rapidamente a ritroso. Sul monitor comparvero Flynn e Cheng in attesa sul marciapiede, poi il gruppetto dei sei *marines* al centro dell'incrocio. Successivamente, una dopo l'altra, le ventisette automobili che erano scese per via Salandra nei quaranta minuti precedenti, quindi di nuovo gli stessi sei *marines* che esaminavano con attenzione l'incrocio e Flynn che raccoglieva da terra dei pezzi di vetro. Finché,

---

[111] *Riavvolgimento rapido.*

alle 22:12, la telecamera inquadrò quello che stavano cercando.

«Stop! Fermi l'immagine!» ordinò Flynn.

Tre figure si stavano allontanando dall'incrocio in direzione di via Piemonte. Uno dei tre, un paio di passi indietro rispetto agli altri due, era vestito da legionario romano ed era armato di spada.

«Riavvolga le immagini lentamente, a velocità normale.»

«Subito, tenente», obbedì Savoiardi.

Il legionario puntava la spada contro due giovani, che tenevano le mani alzate in segno di resa. Il legionario era di spalle e si era appena rialzato da terra. I due giovani, un uomo e una donna, avevano invece il viso rivolto verso la telecamera. Il volto della donna era in ombra, mentre quello dell'uomo, qualche metro indietro rispetto agli altri due, era invece illuminato dalla lampada stradale appesa sopra l'incrocio.

«Faccia uno zoom sul viso del ragazzo», ordinò Flynn.

Savoiardi fece come gli era stato chiesto, e il viso del giovane occupò l'intera schermata.

«Faccia uno *screen capture*[112] e invii la foto del ragazzo a questo indirizzo email», disse Flynn, porgendo a Savoiardi il biglietto da visita dell'Ambasciatore Harlan.

Savoiardi obbedì e, in pochi secondi, la foto venne inviata all'indirizzo di posta elettronica dell'Ambasciatore.

Flynn estrasse lo smartphone dalla giacca e selezionò l'ultimo numero nel registro delle chiamate.

«*Check your email, please. The young man in the photo is held hostage by the fugitive. We need to find out who he*

---

[112] *Cattura dello schermo.*

is[113]», disse Flynn. «Mr. Savoiardi, grazie per la sua collaborazione. Faremo in modo di ricompensarla per il suo aiuto.»

«È stato un piacere», mentì Savoiardi, che invece non vedeva l'ora di tornarsene a casa e andarsene a letto. Quando si voltò, però, Flynn e Cheng avevano già lasciato il negozio. Savoiardi spense tutto, chiuse la porta d'ingresso e si avviò verso la propria automobile, felice di non vedere nessun avviso di contravvenzione sul parabrezza.

---

[113] *Controlli la sua posta elettronica, per favore. Il giovane nella foto è tenuto in ostaggio dal fuggitivo. Dobbiamo scoprire chi è.*

28

Roma, Chiesa di San Camillo de Lellis
10 marzo 2022, ore 22:54

«Vi dico che dobbiamo chiamare la polizia», disse Carlo, la voce poco più che un sussurro per non farsi udire da Julianus, che era rimasto in cucina, seduto al tavolo. Gli altri tre stavano parlottando in corridoio, vicino alla porta d'ingresso che si apriva su via Piemonte. «Quell'uomo è pazzo! Ci ha puntato la spada contro tre volte! Dico, tre volte!»

«Era spaventato...» lo giustificò Valeria.

«Lui, eh? Io no? Ti ricordo che la spada dalla parte del manico—o dell'elsa in questo caso, se preferisci—ce l'aveva lui!»

«Come ti sentiresti tu se venissi catapultato duemila anni nel futuro e ti ritrovassi completamente solo—e per giunta ferito—in un mondo che non conosci e che non comprendi? Quel poveraccio non riesce a dare un senso a metà delle cose che vede... un'automobile, uno smartphone, la luce elettrica, un caffè, una patata, la religione cristiana... Per lui sono tutte cose sconosciute! Non capisce quello che io e te diciamo... ha capito la parola *amica* solo perché in italiano e in latino si dice allo stesso modo. Prova a metterti nei suoi panni.»

«Ammesso e non concesso che venga veramente dal passato—cosa su cui nutro seri dubbi—, ha detto lui stesso di essere arrivato in un edificio qui vicino attraverso una specie di anello di metallo, giusto?»

«Giusto», confermò don Renato.

«Allora cerchiamo quest'anello! Se è stato l'anello a portarlo da noi, forse l'anello può anche rispedirlo a casa!»

«È una proposta sensata, figliolo. Probabilmente qualcuno lo sta già cercando», ipotizzò il sacerdote.

«Probabilmente gli infermieri del manicomio da cui è scappato...» commentò sarcastico Carlo. Valeria lo fulminò con lo sguardo.

«Dobbiamo trovare questi barbari da cui Julianus dice di essere fuggito», disse don Renato, a voce un po' troppo alta.

Improvvisamente un refolo d'aria fredda mulinò nello stretto corridoio. Valeria si portò le braccia al petto, rabbrividendo.

«Da dove viene quest'aria?» chiese don Renato, perplesso.

«Non sarà mica...» Valeria scattò verso la cucina senza terminare la frase. Un'occhiata sola le bastò a confermare ciò che aveva temuto. La finestra che dava su via Mario Pagano era spalancata, e le grandi tende bianche ondeggiavano lievemente con la gentile brezza che si insinuava nella piccola stanza. Julianus era scomparso.

«Temo che l'abbia sentita, padre», disse Valeria, il disappunto evidente nella sua voce. «Vado a cercarlo!» gridò e, con l'agilità ottenuta grazie agli anni di atletica leggera praticata al liceo, scavalcò con un balzo il davanzale della finestra e iniziò a correre.

«Fermati! Quell'uomo è pericoloso!» le urlò dietro Carlo. Ebbe un attimo di esitazione di troppo, lacerato tra l'amore fraterno che gli intimava di raggiungerla e proteggerla, e l'istinto di sopravvivenza che gli implorava di stare il più lontano possibile da quell'uomo. Quando Carlo scavalcò il davanzale, Valeria aveva già svoltato l'angolo dell'isolato ed era scomparsa.

29

Roma, Ambasciata degli Stati Uniti
Ufficio Privato dell'Ambasciatore
10 marzo 2022, ore 22:55

«*Fred, it's John. John Morlock. I need your help*[114]», disse Morlock parlando al cellulare, mentre passeggiava nervosamente avanti e indietro nell'ufficio dell'Ambasciatore. La spessa moquette blu scuro con motivi floreali bianchi e rossi—i colori della bandiera americana—attutiva il rumore dei suoi passi decisi tramutandolo in un fruscio sommesso. Harlan era seduto alla scrivania in legno di quercia e giocherellava con un'elegante penna stilografica Montblanc Meisterstück bordeaux dal pennino d'oro.

«*You bet! What can I do for you?*[115]» rispose la voce squillante di Fred Di Vita all'altro capo del telefono.

Di Vita, ventinovenne texano di origine siracusana, era uno dei geni informatici della CIA. Laureatosi a soli vent'anni presso il prestigioso Massachusetts Institute of Technology, noto anche semplicemente come MIT, era stato assunto dalla CIA la settimana successiva al conseguimento del diploma di laurea. Da allora lavorava nel quartier generale dell'agenzia a Langley, in Virginia.

Capelli corvini raccolti in una coda di cavallo, barba incolta e vivaci occhi azzurri acquamarina, Di Vita era in grado di scrivere codici in tutti i principali linguaggi di

---

[114] *Fred, sono John. John Morlock. Ho bisogno del tuo aiuto.*
[115] *Ci puoi scommettere! Cosa posso fare per te?*

programmazione esistenti, da Python a C#, da JavaScript a PHP. Ciò che lo aveva reso famoso nell'agenzia, però, era il software di riconoscimento facciale che aveva ideato. Basandosi su FaceNet, una rete neurale profonda sviluppata nel 2015 da un gruppo di ricercatori di Google, il giovane texano era riuscito a migliorare sensibilmente l'accuratezza delle previsioni e a ridurre drasticamente la velocità con cui l'algoritmo da lui ideato confrontava una nuova immagine con le decine di miliardi di immagini archiviate nell'immenso database della CIA.

«C'è un'email dell'Ambasciatore Harlan nella tua posta in arrivo. In allegato trovi la foto di un giovane. Pensiamo sia tenuto in ostaggio e in probabile pericolo di vita. Abbiamo bisogno che tu scopra come si chiama e qualsiasi informazione ci permetta di localizzarlo», spiegò Morlock.

«Lascia fare a me», rispose immediatamente Di Vita in tono serio, chiudendo la comunicazione.

***

Esattamente sedici minuti e trentasette secondi dopo, il cellulare di Morlock squillò.

«Carlo Betti, ventiquattro anni, romano», esordì Di Vita. «È stato a New York dal 10 al 24 luglio 2021, per cui la sua foto è stata acquisita dalla TSA[116] al suo arrivo all'aeroporto di Newark e aggiunta al nostro database.»

«Come facciamo a trovarlo?» chiese Morlock.

«Una volta scoperto il nome del ragazzo, ho fatto una

---

[116] *Transportation Security Administration*, agenzia governativa degli Stati Uniti creata in seguito all'11 settembre del 2001 e dedita al controllo degli aeroporti.

ricerca sui principali social media... Facebook, Instagram, Twitter. Nelle informazioni di contatto sul profilo LinkedIn di *Mister* Betti è indicato un numero di telefonia mobile.»

«Dammelo subito», lo interruppe Morlock.

«Non ti serve...» ribatté con un pizzico di compiacimento Di Vita. «Un minuto fa ho lanciato un programmino per la geolocalizzazione dei cellulari... funziona soltanto se il cellulare da localizzare ha il GPS attivo. Nel nostro caso, siamo stati fortunati.»

«Dove si trova il ragazzo?»

«Non lontano da voi. Nella parte di via Pagano che conduce a via Piemonte. Non sono in grado di dirvi su quale lato della strada. L'errore di geolocalizzazione è di circa dieci metri, ma potrebbe essere maggiore se il telefono si trova all'interno di un edificio, come presumo che sia.»

«*Fred, awesome job!*[117]» esclamò Morlock, trionfante.

«*Is there anything else I could do for you today?*[118]» chiese Di Vita, soddisfatto del proprio operato. Morlock, però, aveva già riattaccato.

***

«Tenente Flynn, lei e Cheng sorveglierete l'incrocio tra via Pagano e via Carducci», ordinò il maggiore Young, indicando un punto preciso sulla mappa di Google visualizzata sul grande monitor da settanta pollici della sala riunioni adiacente al suo ufficio.

«*Yes, sir!*» replicò Flynn senza indugio.

---

[117] *Fred, lavoro fantastico!*
[118] *Posso fare qualcos'altro per te oggi?*

«Tenente McDougall, lei e Larson stazionerete invece all'incrocio tra via Pagano e via Piemonte», continuò Young, indicando un altro punto, una cinquantina di metri in linea d'aria a sinistra del precedente.

«*Yes, sir!*» confermò la McDougall.

«Io, March e Hott visiteremo tutti gli appartamenti di via Pagano, uno per uno. Questa volta non può sfuggirci! Se prova a scappare verso ovest, troverà McDougall e Larson ad attenderlo. Se scappa nella direzione opposta, saranno Flynn e Cheng a bloccarlo. Nessuno apra il fuoco senza un mio ordine! Tutto chiaro?»

«*Yes, sir!*» risposero i sei *marines* all'unisono.

«*Let's go get him!*[119]» urlò Young, battendo il pugno destro sul tavolo di fronte a sé.

Un istante dopo i sette militari si riversarono di corsa fuori dalla sala riunioni.

---

[119] *Andiamo a prenderlo!*

30

Valeria raggiunse l'incrocio tra via Pagano e via Carducci. Si guardò intorno, prima a sinistra, poi a destra. Vide solo una coppia di adolescenti che si scambiavano un bacio appassionato davanti al portone di un signorile palazzo ottocentesco, in direzione di via Salandra. Per il resto, la strada appariva deserta. Da una finestra aperta del palazzo alla sua sinistra un televisore stava trasmettendo a volume decisamente elevato l'ennesima puntata della fortunata fiction *Don Matteo*. Valeria ne riconobbe la musica.

Le venne in mente di aver parcheggiato la sua vecchia Fiat 500 blu da quelle parti la sera prima. Se non ricordava male, doveva essere all'angolo con via Aureliana, davanti a un'agenzia di viaggi. Si affrettò verso la vettura, tirò le chiavi fuori dalla tasca dei jeans, entrò, e mise in moto. In macchina avrebbe potuto perlustrare la zona molto più rapidamente. Ricordava di aver letto da qualche parte che i legionari romani erano in grado di percorrere dai trenta ai trentasei chilometri in poco più di cinque ore, e per giunta con un peso di oltre trenta chili sulle spalle. Decisamente al di sopra del suo stato di forma attuale, pensò, ripromettendosi di iscriversi in palestra la settimana successiva per mettere a tacere i sensi di colpa che già le stavano montando.

Uscì dal parcheggio e svoltò a sinistra su via Aureliana, fece il giro dell'isolato e imboccò quindi via Quintino

Sella. Fu allora che i fari anteriori al LED della Fiat 500 si rifletterono per un istante su un oggetto metallico in movimento all'estremità della via, all'incrocio con via XX Settembre. La *lorica hamata* di Julianus.

«T'ho beccato!» esclamò Valeria compiaciuta, intravedendo il legionario girare l'angolo, il mantello rosso porpora svolazzante dietro di lui, e proseguire la fuga lungo via XX Settembre, in direzione di Porta Pia.

Julianus, scappando, aveva alternato ad ogni incrocio una svolta a sinistra a una a destra, seguendo un percorso a zig-zag, in modo da ridurre al minimo la possibilità di essere visto e al tempo stesso allontanarsi il più possibile dai suoi inseguitori.

Valeria premette il pedale dell'acceleratore e raggiunse in pochi secondi l'estremità di via Quintino Sella. Il semaforo rosso e l'obbligo di svolta a destra non le lasciavano alternative. Senza pensarci due volte, balzò sul marciapiede con la parte destra del veicolo, quanto bastava per non ostruire l'incrocio, e si catapultò fuori dalla vettura, correndo nella stessa direzione che aveva preso Julianus pochi secondi prima.

Lo vide pochi metri davanti a lei, di fronte all'ingresso di un albergo. Il legionario era immobile, le gambe leggermente divaricate, la mano destra pericolosamente vicina all'impugnatura della spada. Di fronte a lui una coppia di turisti asiatici di mezza età, probabilmente giapponesi. La donna, in jeans neri e cardigan Moncler fucsia, stava armeggiando nella borsetta, una tracolla di pelle nera, mentre l'uomo, che indossava una giacca leggera sportiva Tommy Hilfiger blue navy su di un paio di pantaloni beige di cotone, stava facendo cenno al legionario di pazientare solo per qualche istante.

Valeria intuì il disastro che stava per compiersi. I due

turisti asiatici volevano farsi una foto col legionario, e la donna stava cercando il cellulare nella borsetta. Julianus, sentendosi minacciato, era pronto a estrarre la spada e, se si fosse visto puntare il telefono contro, avrebbe probabilmente colpito per primo, ritenendolo un'arma.

«Julianus!» gridò Valeria, avvicinandosi a passo svelto verso di lui. Il legionario girò lentamente la testa verso di lei, senza perdere di vista, con la coda dell'occhio, la coppia di giapponesi.

«Julianus, non fuggire! Sono tua amica!» disse Valeria, cercando di usare parole che, per quel poco che ricordava dagli studi liceali, erano simili in italiano e in latino.

Julianus parve capire, poiché i lineamenti tesi del suo volto parvero rilassarsi, e Valeria ebbe l'impressione—o era solo la sua immaginazione?—che l'uomo le avesse rivolto un breve sorriso.

Valeria si avvicinò e, sfiorandogli il braccio, gli disse: «Vieni con me!»

Il turista giapponese cominciò a protestare nella sua lingua, probabilmente reclamando la precedenza nello scatto della foto, senza rendersi conto del pericolo che aveva corso e che non aveva ancora del tutto scampato.

«*Quo imus?*[120]» chiese Julianus.

«*'Ndo imo?*[121]» gli fece eco Valeria, sorridendo al pensiero di quante parole, in romanesco, suonassero simili al latino. «Imo al Palatino!»

La bocca di Julianus si allargò in un sorriso radioso. Valeria provò improvvisamente profonda tristezza per ciò che l'uomo avrebbe visto di lì a pochi minuti. Ma era giunto il momento che Julianus conoscesse la verità. Per quanto dolorosa essa fosse.

---

[120] *Dove andiamo?*
[121] *Dove andiamo?* [dialettale]

***

Ciò che lo colpiva di più in quella città—Julianus ancora non riusciva a capire dove fosse e, soprattutto, come avesse fatto ad arrivarci—erano le luci. Luci senza fuoco. Ovunque. Colorate. Luci sopra gli ingressi delle *tabernæ*, luci sopra le *viæ* emesse da *lanternæ* appese a corde—almeno gli sembrava che fossero corde—, luci alle finestre delle *insulæ*, luci ai *trivii* e ai *quadrivii*[122]. In quest'ultimo caso, aveva notato, i colori delle luci, emesse da lampade appese a pali verticali di colore verde, si limitavano a tre soltanto: rosso in alto, verde in basso, e arancio al centro. Aveva osservato che i carri metallici privi di cavalli—anch'essi avevano luci, sia all'interno sia all'esterno—si fermavano quando brillava la luce superiore rossa, e proseguivano quando a brillare era la luce inferiore verde.

Un'altra cosa che lo lasciava sgomento era la quantità di carri metallici. Ce n'erano dappertutto. Fermi, allineati più o meno ordinatamente ai lati delle *viæ*, oppure in movimento, lungo queste. Il più delle volte con solo una o due persone per carro, nonostante ci fosse spazio sufficiente per quattro o cinque. Nonostante l'ora tarda—doveva essere prossimo l'inizio della *tertia vigilia noctis*[123], stimava, e la luna in cielo, piena a metà, aveva già iniziato a descrivere un arco discendente—, le *viæ* erano ancora parecchio trafficate anche se, constatava perplesso, c'erano tanti carri e pochi pedoni.

---

[122] Punti di incrocio, rispettivamente, di tre o quattro strade.

[123] La terza delle quattro parti di durata uguale in cui i Romani dividevano le ore notturne. Nel mese di marzo corrisponde approssimativamente al lasso di tempo tra mezzanotte e le tre del mattino.

Era una città maestosa, quella in cui si trovava. Qualunque essa fosse. Negli ultimi minuti aveva potuto ammirare imponenti *insulæ*, una grandiosa fontana con colonne ioniche e leoni di marmo bianco, una piazza a forma di emiciclo con solenni porticati e un'ampia fontana circolare riccamente decorata con eleganti figure marine. Julianus osservava queste meraviglie con sbigottimento. E preoccupazione. Preoccupazione dovuta alla constatazione che i *barbari* che abitavano questa città sembravano disporre di conoscenze tecnologiche superiori a quelle dei Romani. E costituivano, pertanto, una seria minaccia al futuro di Roma.

***

Non ha ancora capito di trovarsi nel futuro, pensò Valeria, guardando Julianus con la coda dell'occhio, mentre il semaforo all'incrocio tra via XX Settembre e largo di Santa Susanna diventava verde. Julianus osservava sbigottito gli edifici intorno a sé, quasi volesse memorizzare ogni dettaglio di ciò che vedeva. Valeria provò istintivamente profonda pena per quell'uomo che, incapace di comprendere cosa gli fosse successo, cercava soltanto, come un bimbo smarrito, di tornare a casa. Una casa che, però, non esisteva più da ormai venti secoli.

Valeria svoltò su via Vittorio Emanuele Orlando e, lasciandosi a sinistra la cinquecentesca Fontana dell'Acqua Felice, si diresse verso piazza della Repubblica, fino al 1960 nota come piazza dell'Esedra, per via del suo colonnato semicircolare che ricalca il perimetro della grande esedra delle Terme di Diocleziano. Costeggiò la Fontana delle Naiadi, al centro della piazza, e si diresse verso via delle Terme di Diocleziano, mentre

Julianus osservava a bocca aperta la suggestiva illuminazione notturna della Fontana delle Naiadi e dei due palazzi dell'emiciclo di piazza della Repubblica.

***

Qualche minuto dopo, la Fiat 500 blu percorreva via Druso, che congiunge piazza di Porta Metronia con piazzale Numa Pompilio, al Celio. Valeria, rallentando fino ad arrestarsi al semaforo rosso in fondo alla strada, gettò un'occhiata malinconica a un villino anni Trenta di colore rossiccio alla sua sinistra, contornato da pini marittimi, e parzialmente nascosto alla vista da un alto muro di mattoni. Villa Sordi era stata per oltre quarant'anni la residenza del celebre attore romano Alberto Sordi, fino alla sua scomparsa, avvenuta il 24 febbraio del 2003. Valeria, nonostante avesse all'epoca soltanto sei anni, amava profondamente i film di Sordi, e in particolare *I Due Nemici*, pellicola del 1961 con protagonisti l'attore romano e il britannico David Niven.

Allo scattare del verde, Valeria svoltò a destra e si immise sull'alberato viale delle Terme di Caracalla, lasciandosi a sinistra i resti delle monumentali terme imperiali del terzo secolo dopo Cristo. Pigiò un po' di più sull'acceleratore, approfittando delle quattro corsie di marcia e dello scarso traffico, e si diresse verso il Circo Massimo. Situato nella Valle Murcia, alle pendici dei colli Aventino e Palatino, il Circo Massimo, con i suoi 620 metri di lunghezza e 140 di larghezza, è considerato la più grande struttura al mondo per spettacoli. Sede di giochi sin dagli albori della storia dell'Urbe, la forma definitiva dell'edificio si deve a Giulio Cesare, a partire dal 46 avanti Cristo.

***

Il carro metallico percorse velocissimo il lungo viale alberato—più veloce di qualsiasi *biga* lui avesse mai visto—e raggiunse un'ampia valle priva di costruzioni, fatta eccezione per una torretta[124] in mattoni, proprio di fronte a lui. Julianus ebbe una sensazione di *déjà vu*, come se il posto non gli fosse sconosciuto. Guardò la valle di fronte a sé, le numerose file di scale in travertino che collegavano le pendici della conca alla base, spostò lo sguardo sulle due colline, a sinistra e a destra, quindi tornò a fissare la valle. E capì. La verità lo travolse con una tale violenza che Julianus si sentì mancare il respiro, schiacciato contro il sedile del carro metallico.

«*Siste carrum! Siste!*[125]» gridò, mentre il veicolo, attraversata piazza di Porta Capena, si immetteva su via dei Cerchi. Valeria lo guardò smarrita, senza comprendere la sua richiesta.

Julianus cominciò ad armeggiare con la portiera del veicolo, alla sua destra, cercando di aprirla. Valeria frenò istintivamente e sterzò bruscamente a destra accostando al marciapiede, guadagnandosi una sequenza di coloriti e irripetibili insulti urlati a gran voce da un ragazzo su una Vespa rossa cui Valeria aveva appena tagliato la strada. Julianus spalancò la portiera e, uscito dalla vettura, si precipitò verso l'altro lato della strada, fermandosi a osservare la valle, ai piedi di un basso muretto in travertino che gli arrivava alle ginocchia.

«*Circus Maximus... Mons Palatinus*[126]...» balbettò, guardando incredulo le rovine di quelli che un tempo erano

---

[124] Torre della Moletta, all'estremità sud-orientale del Circo Massimo.
[125] *Ferma il carro! Ferma!*
[126] *Colle Palatino.*

181

stati sfarzosi edifici[127] e solenni templi, simboli architettonici della grandezza di Roma.

Cadde in ginocchio, le mani nei capelli, incapace di accettare quell'orrenda rivelazione, e urlò. Urlò con quanta voce aveva in corpo. Un urlo di rabbia e di disperazione. Tutto ciò in cui aveva creduto e per cui aveva combattuto non esisteva più. Le persone a lui care erano morte e sepolte da chissà quanto tempo. Sentì una mano accarezzargli dolcemente la spalla sinistra. Alzò lo sguardo e i suoi occhi incontrarono quelli, lucidi, di Valeria.

***

«*Quotus est annus?*[128]» chiese Julianus in tono mesto.

«Un momento», disse Valeria, mostrandogli il palmo aperto della mano destra in quello che, pensava, fosse il gesto universale per chiedere qualche istante di pazienza. Julianus ebbe un breve sussulto e si accigliò di fronte a quello che, per i Romani della sua epoca, era invece un gesto di netto rifiuto nei confronti di qualcosa o qualcuno.

Valeria estrasse lo smartphone dalla tasca dei jeans e avviò l'app di Google Translate selezionando *italiano* e *latino* come lingue di traduzione.

«*Quid a me quæsivisti?*[129]» lesse Valeria sullo schermo, scandendo lentamente le parole.

«*Quotus est annus?*» ripeté Julianus.

---

[127] Il *Mons Palatinus*, o *Palatium*, sede in epoca imperiale della dimora dell'Imperatore, divenne nel tempo sinonimo di edificio sfarzoso, termine da cui derivano l'italiano *palazzo*, lo spagnolo *palacio*, l'inglese *palace*, il francese *palais*, e via dicendo.
[128] *In che anno siamo?*
[129] *Cosa mi hai chiesto?*

Valeria fece cenno di aver capito. Inserì *duemilaventidue* nella casella di testo corrispondente alla lingua italiana, e premette il tasto di invio.

«*Sumus in anno bismillesimo vicesimo secundo post Christum natum*[130]», disse, non senza fatica, qualche secondo dopo.

«*Christum? Dominum Renati?*»

Valeria si ricordò di quanto le aveva riferito don Renato meno di un'ora prima e, soffocando una risatina, rispose: «*Christus dominus Renati non est*[131].»

Gli fece nuovamente segno di aspettare mentre cercava online un sito per convertire gli anni calcolati secondo il Calendario Gregoriano[132] in anni *ab Urbe condita*, ossia a partire dalla fondazione di Roma.

«*Sumus in anno bismillesimo septingentesimo septuagesimo quinto ab Urbe condita.*[133]»

Julianus sgranò gli occhi. «*Quid evenit Romæ?*[134]» chiese.

Valeria smanettò qualche secondo sullo smartphone, quindi lesse. «*Imperium romanum corruit anno millesimo ducentesimo vicesimo nono ab Urbe condita.*[135]»

«*Imperium? Quid evenit rei publicæ?*[136]»

«*Cæsare cæso res publica in imperium transmutata est*[137]», spiegò Valeria, avvalendosi sempre dell'aiuto del traduttore.

---

[130] *Siamo nell'anno 2022 dopo Cristo.*
[131] *Cristo non è il padrone (di casa) di Renato.*
[132] Introdotto da Papa Gregorio XIII nel 1582, è il calendario comunemente usato nel mondo al giorno d'oggi.
[133] *Siamo nell'anno 2775 dalla fondazione dell'Urbe.*
[134] *Cos'è accaduto a Roma?*
[135] *L'Impero Romano è caduto nel 1229 dalla fondazione dell'Urbe.*
[136] *Impero? Cos'è accaduto alla Repubblica?*
[137] *Dopo l'assassinio di Cesare la Repubblica è diventata un Impero.*

«*Cæsar cæsus est?*[138]» esclamò sgomento Julianus.

Valeria picchiettò rapidamente una sequenza di comandi sul touchscreen del suo smartphone, quindi, porgendolo a Julianus, gli disse: «*Hic lege. Latine scriptum est.*[139]»

Gli prese quindi l'indice della mano destra e gli mostrò come fare per scorrere verso il basso e verso l'alto sul display. Quindi gli fece vedere, col pollice e l'indice, come ingrandire e rimpicciolire il testo.

Julianus cominciò a leggere, corrugando leggermente la fronte. Valeria lo osservò divertita per qualche secondo: un antico romano intento a leggere Wikipedia su uno smartphone! Le venne in mente solo in quell'istante di avere ancora la segreteria telefonica attiva. Le parve scortese, però, chiedere di farsi restituire il telefono da Julianus, per una ragione che lui non avrebbe capito e che lei sicuramente non sarebbe stata in grado di spiegargli, nonostante Google Translate. L'avrebbe fatto più tardi, pensò. E avrebbe chiamato Carlo per avvertirlo che stava bene. Una vocina le disse che il fratello avrebbe potuto essere in pensiero, e che sarebbe stato meglio avvertirlo subito. Ma Valeria la ignorò.

«Vieni!» gli disse. «Voglio mostrarti un posto».

Julianus sollevò gli occhi dallo smartphone per un istante, senza capire. Poi continuò a leggere.

Valeria lo prese per mano e lo condusse verso la Fiat 500, parcheggiata sull'altro lato della strada, davanti a una lunga cancellata di ferro battuto verde che delimitava l'area archeologica del Palatino. Inserì le chiavi nel cruscotto e avviò il motore da quattro cilindri. Girò intorno al Circo Massimo, percorrendo prima via dell'Ara

---

[138] *Cesare è stato ucciso?*
[139] *Leggi qui. È scritto in latino.*

Massima di Ercole e poi via del Circo Massimo. Quindi, attraversata piazza di Porta Capena, imboccò nuovamente via delle Terme di Caracalla, diretta verso via Cristoforo Colombo.

31

«*E mo' chi pò esse a st'ora?*» chiese Manlio De Zoldis rivolgendosi alla compagna, una moretta riccia di nome Debora. Debora alzò le spalle senza alzare gli occhi, concentrata a mettersi lo smalto nero sulle unghie dei piedi. La televisione era sintonizzata su un canale di musica internazionale e stava trasmettendo un video dei Metallica, la band heavy metal preferita dalla coppia.

Manlio posò la bottiglia di birra Peroni sul tavolino accanto al divano e si avviò a piedi nudi verso l'ingresso. Il campanello suonò una seconda volta.

«*E 'n attimo! Nun c'ho mica l'ali!*» protestò Manlio. Guardò dallo spioncino e vide tre militari sul pianerottolo.

«*A De'! Ch'hai combinato? Ce stanno le guardie!*» chiese, cercando di non farsi sentire dai militari.

«*Io gnente! Te 'nvece?*» rispose Debora, continuando a tenere lo sguardo fisso sui propri piedi.

Manlio si strinse nelle spalle e aprì la porta. In fin dei conti, non gli sembrava di aver commesso alcun reato ultimamente.

«Ci scusi per il disturbo», esordì il militare più anziano dei tre, che sembrava essere il capo. «Stiamo cercando un legionario romano.»

«*Ce ne avete messo de tempo a organizzavve pe' cercallo!*»

«Lo ha visto? Era qui?» chiese Young, speranzoso e al tempo stesso spiazzato dalla risposta dell'uomo di fronte a lui.

«*L'ultimo legionario da 'ste parti s'è visto 'na quindicina de secoli fa, anno più, anno meno*», rispose Manlio in tono beffardo. «*Ce ne avete messo de tempo pe' venillo a cerca'.*»

«*Smart ass!*[140]» sibilò tra i denti Young, facendo cenno a March e Hott di dirigersi verso l'appartamento successivo.

«*Ve manca quarcun altro? Chessò... un par d'opliti greci? Un faraone eggizzio?*» incalzò Manlio. Ma i tre militari avevano già raggiunto il piano superiore.

Manlio chiuse la porta dietro di sé e tornò a sedersi sul divano a terminare la sua birra. Debora aveva finito di smaltarsi il piede destro e la sua concentrazione era ora rivolta a quello sinistro.

---

[140] *Spiritoso!* [volgare].

32

Roma, Chiesa di San Camillo de Lellis
10 marzo 2022, ore 23:37

«Niente da fare! Risponde sempre la segreteria telefonica!» sbottò Carlo frustrato, sbattendo con stizza il suo Samsung S7 sul tavolo della cucina mentre una voce registrata lo invitava, per l'ennesima volta, a lasciare un messaggio dopo il segnale acustico. Aveva composto il numero della sorella almeno una ventina di volte da quando Valeria aveva scavalcato il davanzale della finestra ed era corsa via, meno di un'ora prima. Carlo sapeva bene che la sorella aveva l'abitudine, quando era a cena con amici o parenti, di attivare la segreteria telefonica. Trovava infatti profondamente irrispettoso l'atteggiamento di chi accettava telefonate quando era a tavola, di fatto stroncando la conversazione tra gli altri commensali. Anche quella sera, da *Giggetto*, non aveva voluto essere disturbata, e, sino ad ora, doveva essersi dimenticata di disattivare la segreteria.

Lo squillo acuto del citofono lo fece sussultare.

«Dev'essere Valeria!» esclamò Carlo speranzoso, precipitandosi verso l'ingresso. Spalancò il portoncino e si ritrovò di fronte cinque militari, quattro uomini e una donna, in uniforme blu.

«Sono il maggior Young, United States Marine Corps», disse il più anziano dei cinque, un uomo massiccio dai capelli rasati. La carnagione chiarissima ricordò a Carlo la mozzarella che aveva mangiato a cena, gli occhi erano di un colore azzurro tendente al turchese.

«Credo che i barbari da cui fuggiva il nostro amico siano appena arrivati...» commentò don Renato a bassa voce, in modo da poter essere udito soltanto da Carlo.

***

«Ricapitoliamo, *Mr.* Betti», disse Young, rivolgendosi a Carlo. «Il legionario è scappato dalla finestra qualche minuto prima delle 23 e si è diretto verso via Carducci. Sua sorella è corsa dietro di lui, ma finora lei non è riuscito a contattarla dal momento che la signorina ha attivato la segreteria.»

«Esatto», confermò Carlo.

Young estrasse un iPhone dalla tasca della giacca e selezionò un numero in memoria. Una voce maschile rispose al primo squillo.

«Tenente Flynn, cerchi di localizzare il numero di cellulare che le sto per dare. *Mr.* Betti», disse, rivolgendosi a Carlo, «qual è il numero di sua sorella?»

Young ripeté a Flynn, cifra per cifra, il numero che Carlo gli dettò, quindi si rimise il cellulare in tasca.

«*Mr.* Betti... *Father*...» disse Young, dopo qualche secondo. «Vi saremmo grati se veniste con noi in Ambasciata. C'è una persona con cui vorremmo che voi parlaste.»

Nonostante fosse formulata in modo cortese, la richiesta di Young aveva il tono di un ordine cui Carlo e don Renato non avrebbero potuto sottrarsi. Il sacerdote indossò un trench nero, chiuse a chiave il portoncino dietro di sé e, insieme a Carlo, si avviò verso via Sallustiana con la donna, presentatasi poco prima come il tenente McDougall.

***

L'iPhone di Young squillò pochi minuti dopo.

«Abbiamo localizzato il cellulare di *miss* Betti. Castel Fusano, lungomare Amerigo Vespucci, nei pressi del Ristorante *Peppino a Mare*», annunciò la voce di Flynn.

«*Go get them! And bring Cheng with you*[141]», ordinò Young.

---

[141] *Valli a prendere! E porta Cheng con te.*

33

Roma, Ambasciata degli Stati Uniti
Suite degli Ospiti
10 marzo 2022, ore 23:51

Carlo e don Renato vennero accompagnati dal tenente McDougall in un'elegante suite all'ultimo piano dell'ottocentesco Palazzo Margherita, sede dal 1931 dell'Ambasciata degli Stati Uniti in Italia.

Un pregiato tappeto persiano bianco e verde a trama piatta e motivi floreali occupava il centro del salottino. Un divano Chesterfield in pelle a due piazze verde scuro si estendeva lungo l'intera parete destra, esattamente di fronte a un moderno televisore Sharp a schermo piatto da sessanta pollici. Un'ampia finestra con la cornice in legno di faggio, che dava su via Veneto, era ritagliata sulla parete opposta alla porta d'ingresso ed era affiancata, a destra e a sinistra, da due poltroncine dello stesso stile e colore del divano. Una lampada a stelo in legno di ciliegio intarsiato era collocata nell'angolo tra il divano e una delle due poltrone, e potenziava la debole luce irradiata dal delicato lampadario di vetro di Murano con pendenti a goccia di colore verde smeraldo. Due bottiglie ancora chiuse e una cena ormai fredda erano posate su un tavolino da salotto in legno color noce col ripiano in vetro, posto a destra del televisore.

Un uomo anziano, coi capelli bianchi come la neve e intensi occhi azzurri, li osservava, immobile nella sua carrozzella, sulla soglia della porta che divideva il salottino dalla camera da letto, alla destra del tavolino.

«Sono il professor Guido Lionhill. Accomodatevi, prego», disse l'uomo in tono affabile, indicando il divano. I suoi occhi rivelavano profonda stanchezza e preoccupazione.

«Grazie», rispose Carlo, sedendosi accanto a don Renato sul Chesterfield e completando le presentazioni. La McDougall rimase in piedi accanto alla porta d'ingresso della suite.

«Mi hanno detto che lei, padre, ha avuto modo di conversare abbastanza a lungo con questo legionario. Potrebbe essere così cortese da raccontarmi che cosa le ha detto?» chiese Lionhill. «E, soprattutto, che cosa ha detto *lei* a lui. Cerchi di non omettere nulla, se le è possibile.»

«Certamente, professore», rispose don Renato.

***

Il sacerdote parlò per una decina di minuti, riferendo in dettaglio quanto Julianus gli aveva raccontato poco più di un'ora prima. Parlò dell'isola di *Crepsa*, della guerra in Gallia e della guerra civile tra Cesare e Pompeo. Riferì tutti i particolari che riusciva a ricordare, anche con l'aiuto di Carlo, che, pur non avendo partecipato attivamente alla conversazione col legionario, dimostrò di avere una memoria migliore di quella del sacerdote, ricordando un paio di particolari che quest'ultimo aveva involontariamente tralasciato nel suo racconto. Don Renato riferì della reazione di Julianus al clip audio riprodotto dallo smartphone, e del suo smarrimento di fronte a caffè, pomodori e patate. A malincuore, raccontò anche di come il legionario avesse creduto che Gesù fosse il padrone della *domus* e lui il suo schiavo.

Lionhill ascoltò in silenzio, senza mai interrompere il

sacerdote. Quando quest'ultimo ebbe terminato il racconto, il professore rimase in silenzio, a riflettere, accarezzandosi la barba candida con la mano sinistra, gli occhi rivolti verso la finestra a fissare un punto nel vuoto. Dopo qualche secondo, Lionhill sembrò destarsi improvvisamente dai suoi pensieri e si rivolse a don Renato.

«Da quanto mi ha raccontato, padre, non mi sembra che abbiate rivelato nulla di potenzialmente pericoloso. Una volta tornato nel suo tempo, il fatto di essere stato investito da un carro metallico senza cavalli, di aver udito una voce provenire da un oggetto, o di aver visto o assaggiato cibi sconosciuti non sono avvenimenti tali da poter avere ripercussioni sugli eventi futuri. E, se ho capito bene, il legionario è ancora dell'idea che Gesù Cristo sia il suo padrone di casa, dico bene?» chiese Lionhill, non riuscendo a reprimere un sorriso.

«Credo proprio di sì», ammise don Renato, malinconicamente.

«Bene! Questa è una notizia positiva!» esclamò Lionhill, sollevato. «Siete riusciti a localizzarlo?» chiese poi alla McDougall.

«Negativo, professore. È scomparso», rispose mesta la McDougall, abbassando lo sguardo.

«Immagino che lei si renda conto, tenente, delle conseguenze catastrofiche che un mancato ritorno di quest'uomo nel suo tempo potrebbe avere», disse Lionhill in tono duro. «Non è soltanto la vita del legionario a essere in ballo. La posta in gioco è molto, molto più alta. Forse addirittura il mondo come noi lo conosciamo», aggiunse il professore, scandendo ogni parola.

«Cosa intende dire?» chiese Carlo, confuso.

Il professore abbassò gli occhi, quasi a raccogliere i

propri pensieri. Le sue mani giocavano nervosamente con un portamina Paper Mate di colore giallo. Alzò poi gli occhi e guardò intensamente Carlo, seduto sul divano Chesterfield di fronte a lui.

«Hai mai visto *Ritorno al Futuro*? Il primo film della trilogia», chiese.

«Sì, più di una volta», ammise Carlo.

«Perfetto. Marty McFly, il protagonista, per sfuggire a un gruppo di terroristi, scappa via sulla DeLorean, l'automobile che il dottor Brown ha trasformato in una macchina del tempo, e si ritrova catapultato nel passato. Trent'anni prima. Qui si imbatte in Lorraine, la sua futura madre, che si innamora di lui. Ricordate cosa succede alla foto che Marty porta con sé nel passato e che lo ritrae insieme ai fratelli?».

«Sì, tutti e tre iniziano progressivamente a scomparire», commentò Carlo, accigliandosi.

«Esatto. È un paradosso temporale. Se Lorraine, innamoratasi di Marty, rifiutasse George, suo futuro marito e padre di Marty e dei suoi fratelli, né Marty né i suoi fratelli potrebbero mai nascere. Il paradosso sta nel fatto che Lorraine respingerebbe George preferendogli un ragazzo che, proprio nel caso in cui lei respingesse George, non potrebbe mai nascere. Mi segui?»

«Sì», annuì Carlo. «Credo di capire dove voglia andare a parare».

«*Ritorno al Futuro* ci mostra come il viaggio nel tempo di Marty rischi di cancellare l'esistenza sua e dei suoi due fratelli. E nel film il viaggio nel tempo è limitato a trent'anni, il tempo di una sola generazione».

Lionhill tacque per qualche istante, continuando a giocherellare col portamine. Inspirò ed espirò rumorosamente, poi continuò.

«Il nostro legionario ha viaggiato nel tempo. Oltre duemila anni. Du-e-mi-la», scandì, sillabando, Lionhill. «Avete idea di quante generazioni ci possano essere in duemila anni? Un'ottantina, forse di più. Non sappiamo nulla di quest'uomo. Non siamo a conoscenza delle azioni che avrebbe compiuto se non avesse varcato il portale, e delle loro conseguenze. Forse avrebbe salvato la vita a qualcuno, forse avrebbe ucciso qualcuno. Quest'uomo è un legionario, dopotutto. Avrebbe potuto dire o fare qualcosa che potrebbe aver influito su decisioni politiche o militari. Non sappiamo neanche se avrebbe avuto dei figli.»

Lionhill fece un'altra pausa, abbassando gli occhi a guardare un punto fisso sul tappeto persiano sotto ai suoi piedi. Posò il portamine sul tavolino, accanto alla bottiglia di Chianti Ruffino, e intrecciò le dita, come raccogliendosi in preghiera.

«Per quanto ne sappiamo, la discendenza di quest'uomo, in oltre ottanta generazioni, potrebbe ammontare a centinaia di migliaia di persone. Secondo una recente ricerca, sedici milioni di maschi, lo zero virgola cinque percento dell'intera popolazione maschile mondiale, sono discendenti diretti dell'Imperatore Mongolo Gengis Khan, in quanto condividono il medesimo cromosoma Y originatosi in Mongolia circa mille anni fa. Anche io, senza saperlo, potrei essere un discendente di Julianus. Forse anche voi. Se non tornasse nel suo tempo, potremmo scomparire tutti, come Marty e i suoi fratelli nella foto di *Ritorno al Futuro*. Come se nessuno di noi fosse mai esistito. Lo stesso discorso vale per la discendenza di chiunque quest'uomo avrebbe potuto salvare se non fosse stato catapultato qui attraverso l'anello. Milioni di persone potrebbero essere cancellate dalla storia. Di contro, milioni di altre, che nel nostro continuum temporale non ci sono mai state, finirebbero per esistere.»

«Sta parlando dei discendenti della futura moglie di Julianus, che potrebbero nascere qualora questa donna, se Julianus non tornasse, sposasse un altro uomo?» domandò Carlo.

«Sì», confermò Lionhill. «Ma non solo. Anche tutti i possibili discendenti degli uomini che Julianus avrebbe ucciso, e che quindi nel nostro continuum temporale non sono mai nati.»

Lionhill chiuse gli occhi, come se si rifiutasse di vedere ciò che stava per dire.

«La storia come noi la conosciamo potrebbe cambiare completamente. Se Cristoforo Colombo non fosse esistito, quando sarebbe stata scoperta l'America, e da chi? Se Garibaldi non fosse esistito, si sarebbe raggiunta lo stesso l'Unità d'Italia nel 1861? O forse avrebbe prevalso il Regno delle Due Sicilie, e l'unità si sarebbe realizzata partendo dal Sud? Se Marconi non fosse esistito, chi avrebbe inventato la radio, e quando? L'elenco potrebbe continuare all'infinito... artisti e scienziati, capi di stato e re, sportivi e attori, soldati e gente comune.»

Lionhill fece una breve pausa, quindi aggiunse, guardando la McDougall dritta negli occhi: «Trovate quell'uomo e rimandatelo indietro, per l'amor di Dio!»

34

Lido di Castel Fusano
10 marzo 2022, ore 23:53

Valeria si appoggiò con la mano sinistra a una delle cabine che, in un costante alternarsi di blu, giallo e rosso, delimitavano il perimetro dello stabilimento balneare. Garantitasi in tal modo l'equilibrio, si sfilò una dopo l'altra le Sneakers e i calzini e, a piedi nudi e con le scarpe in mano, si avviò verso la battigia. I granelli di sabbia le scivolavano freddi tra le dita dei piedi, provocandole una piacevole sensazione di solletico.

Le onde del Tirreno si frangevano pigramente sulla riva, in un moto ritmato e incessante, facendo sfregare rumorosamente tra loro i granuli di sabbia vulcanica, nera e grossolana, del litorale romano, e lasciandosi dietro una sottile striscia di schiuma bianca, immediatamente spazzata via dall'onda successiva. Dal mare soffiava una brezza leggera, che accarezzava il viso e i lunghi capelli ricci di Valeria. Julianus la seguì in silenzio, un paio di passi dietro di lei, senza togliersi le *caligæ*.

Valeria immerse i piedi nudi nell'acqua fredda, chiuse gli occhi e inspirò forte, inebriandosi dell'odore di salsedine e del rumore del mare. La luna brillava nel cielo, e il suo riflesso argenteo tremolava sull'acqua, come se fosse mosso dal respiro del mare.

Nei momenti di tristezza e di angoscia era lì che Valeria si rifugiava. Il rumore delle onde e l'odore del mare le trasmettevano pace, le infondevano serenità. Era lì che si era recata, sette anni prima, la sera in cui i genitori le avevano confessato che a suo fratello Carlo—lo *gnappetto*[142], come lo chiamava affettuosamente lei—era stato diagnosticato un tumore al cervello. Era lì che aveva preso la decisione di iscriversi a Medicina e successivamente specializzarsi in Oncologia, per proteggere il suo fratellino e tutti quelli che, come lui, combattevano contro il mostro invisibile del cancro.

Ed era lì che sperava che anche Julianus potesse trovare un po' di pace. La scoperta della verità lo aveva devastato. Valeria non avrebbe mai potuto dimenticare la disperazione nei suoi occhi alla vista dei resti del Circo Massimo e del Palatino. In macchina Julianus non aveva detto una parola, gli occhi fissi sullo smartphone, assorto a leggere e rileggere la pagina di Wikipedia che lei gli aveva indicato.

«I miei genitori mi portavano spesso in questo stabilimento, quand'ero piccola», esordì Valeria per rompere il silenzio. Notando lo sguardo perplesso di Julianus, aggiunse, aiutandosi con ampi gesti delle mani: «*Ego... puella... hic... cum familia mea.*[143]»

Julianus annuì con un sorriso, facendo segno di aver capito.

Quanto vorrei ricordarmi qualcosa di più del latino studiato al liceo, si rammaricava Valeria. Sarebbe stato meraviglioso poter comunicare pienamente con quell'uomo così misterioso, così affascinante. Avrebbe voluto fargli mille domande, e ottenere da lui mille risposte. Chiedergli com'era la vita quotidiana nel suo mondo, com'erano scandite le sue giornate, per chi batteva il suo cuore, cosa pensava di lei. Ecco, forse erano le ultime due domande quelle che più di tutte avrebbe voluto

---

[142] *Piccoletto* [dialettale].
[143] *Io... bambina... qui... con la mia famiglia.*

porgli, desiderosa e al tempo stesso timorosa di conoscerne la risposta, dovette ammettere Valeria a se stessa.

Un rombo crescente proveniente da nord squarciò improvvisamente il silenzio della notte. Julianus sguainò istantaneamente il *gladius* e rimase immobile, le gambe leggermente divaricate, gli occhi fissi nella direzione della fonte del rumore, pronto a battersi.

Un oggetto gigantesco, simile a un'aquila scura e minacciosa, si stagliava nel cielo buio. Dei lumi brillavano intermittenti all'estremità delle ali e della coda. Il muso rivolto verso l'alto, l'aquila si muoveva rapida verso il mare, senza battere le ali, inseguita da un fragore di mille cavalli al galoppo. Julianus sgranò gli occhi, spaventato e al tempo stesso affascinato dall'enorme uccello.

Valeria rimase interdetta per qualche istante di fronte alla reazione del legionario, poi non poté trattenersi dal ridere, divertita.

«È un aereo! L'aeroporto di Fiumicino è a pochi chilometri da qui. Non c'è nulla da temere. In ogni caso, con quello spadino faresti ben poco», lo rassicurò Valeria con un sorriso.

Inaugurato ufficialmente il 15 gennaio 1961, l'aeroporto Leonardo da Vinci di Roma Fiumicino è, con oltre quaranta milioni di passeggeri all'anno, il principale aeroporto italiano e uno dei più importanti in Europa.

Julianus la osservò perplesso, senza perdere di vista l'aquila, già lontana, in volo sopra il Tirreno in direzione della Sardegna.

Valeria fece cenno a Julianus di passarle lo smartphone e, con l'aiuto di Google Translate, spiegò: «*Machina quæ volat est. Homines intus sunt.*[144]»

---

[144] *È una macchina che vola. Ci sono uomini dentro.*

«*Homines intus sunt?*» chiese stupefatto Julianus. «*Quo vadunt?*[145]»

«Dove vanno? *Plurima loca. Sardinia, Hispania, Gallia, America...*[146]» rispose Valeria, con l'aiuto del traduttore online.

«*America?*» la interruppe Julianus, corrucciando leggermente la fronte, perplesso.

«Tu non lo puoi sapere, ma al di là dell'Oceano Atlantico c'è una terra, ricchissima e immensa, grande oltre quattro volte l'Europa. Fu scoperta dall'italiano Cristoforo Colombo poco più di cinque secoli fa. Al giorno d'oggi gli Stati Uniti d'America sono la nazione più potente del mondo. Come Roma lo è stata tanti secoli prima. Guarda, noi siamo qui, in Italia», disse Valeria, indicando l'inconfondibile stivale sulla mappa di Google. «E l'America è qui, dall'altra parte dell'Atlantico. America Settentrionale, America Centrale, e America Meridionale.»

Julianus osservava incuriosito e incredulo la mappa sullo smartphone di Valeria. Un'idea cominciò a prendere forma nella sua mente. Ma, per realizzarla, aveva bisogno di informazioni più dettagliate...

***

Valeria era sdraiata supina sulla sabbia morbida e guardava le luci delle stelle che punteggiavano il cielo. Non riusciva ancora a credere a quanto fosse successo. Julianus era accanto a lei, e la teneva stretta a sé, la testa di Valeria poggiata sul suo bicipite sinistro, i folti ricci di

---

[145] *Dove vanno?*
[146] *Molti luoghi. Sardegna, Spagna, Francia, America...*

lei a solleticargli il collo. Era accaduto tutto così in fretta. Julianus le si era avvicinato, per vedere meglio, sullo smartphone di Valeria, la rotta che Colombo aveva seguito nel suo primo viaggio verso le Americhe. In quell'istante i loro volti si erano sfiorati, le bocche pericolosamente vicine. Valeria aveva abbassato pudicamente lo sguardo, pur attratta irresistibilmente dai muscoli scolpiti del legionario. Julianus l'aveva accarezzata, e lei si era sentita avvampare al tocco delle sue mani, forti e calde. E poi l'aveva baciata, un bacio intenso e passionale, che le aveva mozzato il respiro e fatto girare la testa, facendo crollare le ultime, fragili difese che le erano rimaste. Travolti da un'attrazione irresistibile, si erano spogliati—Valeria ricordò con un sorriso lo sguardo smarrito di lui di fronte alla cerniera lampo della sua giacca di pelle—e in pochi istanti si erano trovati avvinghiati l'uno nelle braccia dell'altra, ai piedi di una piccola duna. Avevano fatto l'amore, in modo intenso, quasi disperato, nella consapevolezza che, probabilmente, quella sarebbe stata la prima e l'ultima occasione di amarsi che la vita avrebbe loro concesso.

Valeria si ricordò solo allora di non aver ancora disattivato la segreteria telefonica. Si morse il labbro inferiore, attanagliata dal senso di colpa per non aver avvisato il fratello che lei stava bene. Afferrò lo smartphone e, disattivata la segreteria, compose rapidamente il numero del fratello. Carlo rispose al primo squillo.

«Vale? Stai bene?» chiese immediatamente, l'apprensione evidente nella sua voce.

«Sì, sto bene», rispose Valeria, mortificata per l'angoscia che il fratello doveva aver provato per causa sua. «Mi dispiace, Carlo. Avevo dimenticato di disattivare la segreteria.»

«Pensi che non lo sappia? Ti avrò chiamata almeno trenta volte. Santo Cielo, Valeria, è quasi mezzanotte e mezza! È dalle undici che provo a chiamarti! Ringrazia il cielo che don Renato è qui con me e che quindi non posso insultarti come meriteresti!»

«*Figlioooolo...*» Valeria sentì don Renato rimproverare il fratello.

«L'ho trovato», disse Valeria. «È qui con me.»

«Ascolta, Vale. Ascoltami bene», disse Carlo, in tono più mite ma terribilmente serio. «Avevi ragione tu. Quell'uomo viene veramente dal passato. Ma deve tornarci, mi capisci? Deve tornare nel suo tempo. Ne va della vita sua e di un sacco di altra gente.»

«Tornare nel suo tempo... e come? La fai facile tu. Non sappiamo neanche come ha fatto ad arrivare qui!» ribatté Valeria.

«Io lo so. Ti spiegherò tutto, promesso. Sono all'Ambasciata degli Stati Uniti, a via Veneto. Dei *marines* stanno venendo a prendervi. Per l'amor di Dio, andate con loro. Nessuno farà del male a Julianus, lo aiuteranno soltanto a tornare a casa.»

«Credo che ci abbiano appena trovati», commentò Valeria, gli occhi rivolti verso due figure scure che avanzavano a passo svelto verso di loro, sollevando sbuffi di sabbia coi loro pesanti stivali militari.

35

Roma, Ambasciata degli Stati Uniti
11 marzo 2022, ore 01:23

La Fiat 500 blu svoltò su via Boncompagni e raggiunse il cancello d'ingresso in prossimità dell'incrocio con via Lucullo. Il *marine* di guardia, preventivamente informato del loro arrivo, azionò immediatamente il meccanismo elettronico di abbassamento dei dissuasori mobili e comandò l'apertura automatica del cancello. La Fiat 500 entrò, seguita a pochi metri di distanza da una Lincoln Continental nera con a bordo Flynn e Cheng.

Carlo, in attesa davanti all'edificio in cui si trovava l'anello, corse incontro alla vettura mentre la sorella parcheggiava in uno dei pochi stalli ancora disponibili, alla sinistra dell'ingresso.

Valeria tirò il freno a mano ed estrasse le chiavi dal cruscotto. Julianus si girò verso di lei e le prese la mano, stringendola tra le sue. Il suo sguardo era velato di tristezza. Valeria sentì i suoi occhi gonfiarsi di lacrime, conscia che il loro tempo insieme stava per finire, per sempre. L'uomo di cui si era innamorata, di lì a poco, sarebbe stato morto da oltre venti secoli.

Valeria ebbe un sussulto quando il fratello interruppe i suoi cupi pensieri picchiando leggermente sul finestrino. «Tutto bene?» chiese, con una leggera nota di apprensione nella voce. Valeria fece cenno di sì con la testa, sfilò a malincuore la mano da quelle di Julianus, e aprì la portiera della Fiat 500. Julianus uscì lentamente dall'automobile, limitato nei movimenti dal dolore acuto alle costole.

Il maggiore Young, fiancheggiato da March e Larson, attendeva a braccia conserte sulla soglia d'ingresso dell'edificio. March stringeva un fucile a canna liscia semiautomatico Benelli M40 Super 80, più che altro a scopo intimidatorio, visto che l'ordine impartito dal maggiore Young era quello di non torcere un capello al legionario.

Sotto lo sguardo allibito di Carlo, Valeria prese la mano di Julianus e si avviò con lui verso l'edificio in cui si trovava il portale.

«*Miss* Betti, sono il maggiore Young, del Corpo dei Marines degli Stati Uniti», disse Young, facendosi da parte e invitando Valeria a entrare nell'edificio. «La ringrazio per la sua collaborazione. Prego, da questa parte», aggiunse, facendo segno a Valeria e Julianus di seguirlo lungo il corridoio a destra. Percorsero circa una decina di metri, quindi entrarono in una stanza contrassegnata dal numero 16.

***

«*Hic iterum*[147]», pensò Julianus, guardandosi intorno. Era nuovamente in quella stanza bianca e fredda, il grande anello di metallo di fronte a lui. Questa volta, però, la stanza non era vuota. Quattro paia di occhi lo stavano fissando con la stessa curiosità con cui si osserva qualcosa di raro, di esotico.

Un uomo biondo, quasi albino, era seduto al tavolo alla sua sinistra, di fronte a lui una tavoletta color grigio antracite che emetteva una luce tenue e si rifletteva sui due pezzi di vetro scuri di forma circolare che l'uomo portava

---

[147] *Di nuovo qui.*

davanti agli occhi[148].

Di fianco al tavolo un uomo anziano, coi capelli bianchi come il cotone, lo osservava con curiosità da un sedile con grandi ruote laterali. Gli sorrise affabilmente e lo salutò con un «*Salve*», sollevando la mano sinistra. Julianus rispose al saluto, indugiando qualche istante negli intensi occhi azzurro cobalto del vecchio.

Al fianco di quest'ultimo, riconobbe la giovane donna che aveva inseguito, soltanto poche ore prima. Si era cambiata d'abito, ma non aveva dubbi che fosse lei.

«*Recte valet amicus tuus?*[149]» le chiese, non vedendo l'altro fuggitivo.

«*Recte valet, nunc dormit*[150]», rispose Lara con un sorriso. «*Bene eveniat!*[151]»

Un uomo vestito di nero era in piedi di fianco all'anello. I suoi capelli sembravano bagnati, e al collo portava una specie di cappio di tessuto[152] dai colori rosso, bianco e blu. Anche lui aveva dei vetri circolari davanti agli occhi, piccoli e grigi. Il suo sguardo tradiva impazienza, ma non disse nulla.

Era giunto il momento di andare. Strinse la mano di Valeria nella sua e avvicinò il viso a quello di lei. Affondò l'altra mano nei capelli della ragazza, ricci e morbidi, e le accarezzò la nuca, inebriandosi del suo profumo. La baciò intensamente, di un *basium* passionale, incurante dei presenti, indifferente alla reazione di Carlo, che rimase a bocca spalancata per tutta la durata del bacio.

---

[148] Si tratta degli occhiali da sole di Watney. Pur usando pezzi di vetro come lenti di ingrandimento, i Romani non conoscevano gli occhiali, la cui invenzione si fa risalire, pur con molte incertezze, al XIII secolo.
[149] *Sta bene il tuo amico?*
[150] *Sta bene, ora dorme.*
[151] *Buona fortuna!*
[152] Si tratta di una cravatta.

Diede un'ultima carezza alla guancia rigata di lacrime di Valeria, e, portandosi la mano destra al petto, le mormorò: «*In perpetuum in corde meo.*[153]»

Si girò quindi verso il portale, la cui membrana acquosa vibrava a pochi centimetri da lui, chiuse gli occhi, e lo attraversò.

***

La scomparsa di Julianus attraverso il portale generò un'incontenibile ondata di sollievo tra i presenti, con l'eccezione di Valeria. La ragazza, visibilmente provata, cercò conforto tra le braccia del fratello, ancora incredulo di averla appena vista baciare un legionario romano del primo secolo avanti Cristo.

Applausi e grida spontanee di giubilo risuonarono nella stanza. Fischi di approvazione e abbracci di gioia coinvolsero anche i numerosi *marines* che si erano accalcati sulla soglia del laboratorio.

Il maggiore Young ordinò immediatamente di disattivare il portale, e Lara si affrettò a ruotare uno dei cubi di metallo nella posizione originaria. La membrana acquosa scomparve istantaneamente e il muro bianco dietro l'anello tornò a essere visibile.

«*It's over, finally!*[154]» disse Young, visibilmente sollevato.

«*Maybe. Maybe not*[155]», dichiarò Lionhill, attirando su di sé lo sguardo confuso dei presenti. «Signorina Betti, lei ha passato parecchio tempo con quell'uomo. Non si

---

[153] *Per sempre nel mio cuore.*
[154] *È finita, finalmente!*
[155] *Forse. Forse no.*

preoccupi, non mi interessano i dettagli della sua relazione con lui, qualunque essa sia. Quello che mi interessa sapere, signorina, è se lei ha divulgato informazioni relative a eventi futuri, eventi che, nel presente di Julianus, non sono ancora accaduti.»

Gli occhi di tutti si spostarono, interrogativi, su Valeria.

«Beh...» balbettò la ragazza. «Voleva sapere com'era morto Giulio Cesare...»

«E lei cosa gli ha detto?» la incalzò il professore, che era improvvisamente impallidito.

«Sa... il mio latino è piuttosto limitato», si giustificò Valeria. «Ho preso il cellulare e ho aperto Wikipedia. Lei sa cos'è Wikipedia, giusto?»

«Certamente. L'enciclopedia collaborativa online. Vada avanti, la prego.»

«Ho digitato "Giulio Cesare" nella casella di ricerca e ho selezionato "latino" come lingua.»

«Mi faccia vedere quella pagina.»

«Un momento», disse Valeria, estraendo lo smartphone dalla tasca dei jeans. Digitò la password per sbloccare lo schermo, quindi lanciò l'app di Wikipedia. Qualche secondo dopo porse lo smartphone a Lionhill. «Eccola qui.»

Lionhill prese il telefono della ragazza e cominciò a scorrere il testo verso il basso, laddove veniva descritto l'assassinio del dittatore. Qualche istante dopo restituì lo smartphone a Valeria e, coprendosi il volto con le mani, esclamò sgomento: «Santa Cleopatra! Quest'uomo conosce quando, dove, come e da chi Cesare verrà ucciso!»

Valeria non ebbe il coraggio di confessare di avere anche rivelato a Julianus, con l'aiuto di Internet, i dettagli del primo viaggio di Cristoforo Colombo verso le

Americhe, inclusi date e luoghi esatti di partenza e di arrivo, rotta seguita, correnti oceaniche sfruttate, durata del viaggio, nonché dimensioni e caratteristiche tecniche delle tre caravelle impiegate per la traversata, la Niña, la Pinta e la Santa Maria.

Parte Quarta:
ROMA INVICTA

Alme Sol, curru nitido diem qui
promis et celas aliusque et idem
nasceris, possis nihil urbe Roma
visere maius![156]

Quinto Orazio Flacco, *Carmen Sæculare* (versi 9-12)

---

[156] *Vivido sole, che in carro lucente porti e nascondi il giorno, e sempre uguale e sempre nuovo sorgi, mai più grande nulla ti appaia di Roma!* [traduzione di Giovanni Pollidori]

36

Roma, Idibus Martiis, 710 ab Urbe condita
(Roma, 15 marzo 44 avanti Cristo)

Il *dictator perpetuo* affrettò il passo verso la maestosa scalinata bianca della *Curia Pompeii* nel *Campus Martius*. I marmi candidi che rivestivano l'immenso edificio esaltavano le imponenti colonne di porfido rosso che sorreggevano il portico antistante. Sul timpano si stagliava maestosa un'aquila dorata con le ali spiegate.

Il *Sol Invictus*[157] splendeva radioso sull'Urbe. Il cielo era di un azzurro intenso, privo di nuvole. Il melodioso canto di un fringuello, appollaiato sulla cornice dell'*Ædes Feroniæ*, il Tempio di Feronia, echeggiava in tutta l'area del *Porticus Minucia*. Il fringuello tacque improvvisamente, allarmato dallo scalpiccio dei *calcei*[158] del *dictator* sulla pavimentazione calcarea.

L'uomo indossava una *tunica laticlavia*, bianca con due ampie bande purpuree, al di sotto di un'elegante toga di lana bianca Tarentina che gli copriva parzialmente il capo. Avanzava a passo deciso, il capo leggermente chino. Salì rapidamente l'erta scalinata e, attraversato il portico, entrò nella Curia.

Il senatore Lucius Tillius Cimber gli si fece incontro, presentandogli una petizione per consentire al fratello Brutus, in esilio, di fare ritorno in patria. Il *dictator* non disse una parola, mentre una sessantina e più di altri

---

[157] *Sole Invincibile*, divinità romana.
[158] Stivaletti di cuoio.

senatori lo attorniarono. Con un movimento improvviso e fulmineo, Cimber afferrò il *dictator* per le spalle e gli tirò giù la toga. Nello stesso istante Servilius Casca estrasse una daga e lo colpì con furore al collo, un fiotto di sangue a imbrattargli la toga. Gaius Cassius Longinus e Decimus Brutus Albinus, estratte le daghe che celavano sotto le toghe, trafissero il *dictator* al fianco e al petto, imitati subito dopo da Gaius Trebonius e da un paio di altri senatori.

Fu Marcus Brutus il primo a rendersi conto dell'errore mortale che avevano appena compiuto.

«*Iste Cæsar non est!*[159]» gridò, gli occhi sgranati fissi sul corpo senza vita di colui che avevano creduto essere il *dictator*, e che giaceva riverso a terra, in posizione supina, in un lago di sangue.

Un battito di mani, lento e ritmato, echeggiò nella sala, spezzando il silenzio gelido che aveva seguito le parole di Brutus. I congiurati alzarono lo sguardo verso l'uomo che applaudiva, incapaci di accettare ciò che i loro occhi vedevano.

Gaius Julius Cæsar era in piedi sulla soglia di uno dei tre ingressi della sala, uno sguardo di ghiaccio ad accompagnare l'applauso sarcastico a chi aveva appena cercato di ucciderlo, fallendo.

«Era uno schiavo germanico che ha avuto la sfortuna di somigliarmi molto», aggiunse il *dictator* in tono grave, scandendo lentamente ogni parola.

Decine di legionari in assetto di guerra si riversarono nella sala dagli altri due ingressi, circondando i congiurati che si erano accalcati intorno al cadavere dello schiavo.

Un legionario dai capelli neri leggermente mossi e occhi marroni affiancò il *dictator*, contornato da un'altra

---

[159] *Costui non è Cesare!*

decina di legionari.

«Ti devo la vita, Publius Liburnius Julianus», disse Cæsar.

Prima che i legionari intervenissero, molti dei congiurati si puntarono le daghe al petto e si diedero la morte, senza emettere un grido né un lamento, in un silenzio irreale carico di morte. Soltanto sei di loro non trovarono il coraggio di infliggersi la morte con le proprie mani.

«*Crucifigite eos!*[160]» ordinò Cæsar, lasciando la sala.

Julianus osservò i corpi inerti dei congiurati sparsi sul freddo pavimento di marmo bianco coperto di sangue.

«*Historia mutata est*[161]», disse sottovoce.

---

[160] *Crocifiggeteli!*
[161] *La Storia è cambiata.*

Nova Roma, ante diem VII Kal. Apr.,
2803 ab Urbe condita
(Nova Roma, 26 marzo 2050)

Un fronte di nubi scure avanzava minaccioso da nord, foriero di un imminente temporale. Lampi lontani illuminavano a intermittenza le nuvole come minuscole luci stroboscopiche. Le prime luci dell'alba rischiaravano la linea dell'orizzonte illuminando i sobborghi di *Nova Roma* al di là del fiume, nella parte occidentale di *Insula Longa*. Un gabbiano volteggiava leggero qualche decina di metri sopra le acque increspate del fiume, le cui onde riverberavano i colori dorati del sole nascente.

A Marcus Liburnius Valerius piaceva svegliarsi qualche minuto prima dell'alba e poter così godere dello spettacolo della nascita del nuovo giorno. Si strinse in vita la vestaglia di seta color porpora e si portò alle labbra una coppa di caffè fumante. Ne sorseggiò un po' con cautela, facendo attenzione a non scottarsi la lingua, quindi rivolse nuovamente la sua attenzione al risveglio della natura in corso al di là della grande vetrata dell'*atrium* del suo appartamento, al 95° piano dell'*altadomus* dove era solito soggiornare nei periodi in cui il lavoro ne richiedeva la presenza al di là del *Mare Oceanum*.

Fisico quantistico, Valerius trascorreva a *Nova Roma* dai sei agli otto mesi l'anno. Troppi, gli capitava spesso di pensare. Amava profondamente Roma, dove era nato poco più di 27 anni prima in una piovosa notte di inizio dicembre. Ma non era infrequente che un giovane come lui dovesse farsi le ossa nelle *provinciæ* della *Julia Septentrionalis* prima di poter aspirare a essere assegnato a una meta più vicina all'Urbe. A *Valerius* sarebbe piaciuto essere trasferito un giorno nella *Provincia Narbonensis* o in *Baetica*. Amava il mare, il sole, il clima temperato del *Mare Mediterraneum*. Nonostante trascorresse la maggior parte dell'anno a *Nova Roma* ormai da quasi cinque anni, ancora non si era abituato agli inverni rigidi, sferzati da venti artici e abbondanti nevicate che coprivano di un gelido manto bianco l'isola di *Mannahatta*, dove risiedeva.

Mentre il sole proseguiva la sua lenta e inesorabile ascesa in cielo e le ultime ombre dalla notte si ritiravano sconfitte dietro le *altædomus*, *Valerius* si ritrovò a fantasticare su come dovessero essere apparsi quei luoghi ai primi *milites* romani quando vi erano approdati, oltre duemila anni prima.

Come la storia antica narrava, era stato un antenato di *Valerius*, Publius Liburnius Julianus, ad aver varcato il *Mare Oceanum* nel 713[162] *ab Urbe condita* al comando della *Legio XII Fulminata*, che, in seguito alle vittorie conseguite al di là del mare, si era successivamente guadagnata l'appellativo di *Atlantica Victrix*. Cesare, scampato all'attentato delle idi di marzo proprio grazie all'intervento di Julianus, aveva da allora riposto grande fiducia in colui cui doveva la vita, e aveva accolto, seppur con qualche perplessità, la sua richiesta del comando di una legione per espandere le conquiste di Roma a occidente, verso quelle terre, all'epoca ignote, al di là del mare.

Sotto il comando di Julianus, i Romani si erano espansi con relativa facilità nella *Julia*, come il nuovo continente

---

[162] 41 avanti Cristo.

al di là del *Mare Oceanum* era stato chiamato in onore di *Gaius Julius Cæsar*, l'*imperator* che ne aveva avviato la conquista.

I *Nativi Juliani*, organizzati per lo più in strutture tribali di poche decine di unità e poco avvezzi all'arte della guerra, erano stati capaci di opporre scarsa resistenza all'avanzata dei legionari romani. Forti di armi più evolute, tecniche belliche ben rodate, e una ferrea disciplina militare, già nel 720[163] *ab Urbe condita*, e cioè soltanto sette anni dopo il primo sbarco di Julianus e della *Legio XII*, i Romani avevano conquistato oltre mezzo milione di miglia[164] quadrate e controllavano tutto il territorio delimitato a nord dai *Lacus Magni*, a sud dal *Sinus Caripus* (che divide la *Julia Septentrionalis* dalla *Julia Australis*), a ovest dai *Campi Lati* e ad est dal *Mare Oceanum*.

Alla *Legio XII* si erano aggiunte la *Legio XIII Colonia Julia* e la *Legio XIV Ponentis*, e nei decenni successivi l'espansione di Roma era continuata sistematica e incessante. La *Legio Ponentis*, col supporto di truppe ausiliarie di *Nativi Juliani*, aveva completato l'annessione a Roma di tutti i territori della *Julia Septentrionalis*, fino a quello che venne chiamato *Mare Cæsaris*, a occidente. La *Legio Colonia* si era invece spinta a sud, e, coadiuvata dai veterani della *Legio XII Atlantica Victrix*, aveva portato l'Aquila di Roma a dominare su tutta la *Julia Australis*. Nel 764[165] *ab Urbe condita* l'intero continente apparteneva a Roma.

La *Julia* era stata la fortuna dell'Urbe. Le sue sterminate e fertili pianure l'avevano resa il principale

---

[163] 34 avanti Cristo.
[164] Miglia romane. Un miglio romano corrisponde a 1,48 chilometri.
[165] 11 dopo Cristo.

granaio dell'impero per i successivi due millenni, gli immensi giacimenti d'oro avevano riempito le casse imperiali come mai nessuna conquista prima, le centinaia di migliaia di *Nativi Juliani*, cui era stata concessa la cittadinanza romana già nel 730[166] *ab Urbe condita*, si erano rivelati fedeli e valorosi legionari che, nei secoli a venire, avevano contribuito in maniera essenziale alle successive espansioni di Roma in Africa e Asia.

I *castra* romani nella *Julia* erano a poco a poco diventati fiorenti città dotate di terme, teatri, stadi, templi e *insulæ*, servite da acquedotti e collegate da strade lastricate, che avevano incrementato e reso più rapida la circolazione di persone e merci. Decine di migliaia di coloni erano sbarcati nella *Julia*, provenienti da tutte le province dell'impero, dalla *Gallia*, dall'*Italia*, dall'*Hispania*, dalla *Cyrenaica*. Porti trafficati erano sorti lungo le coste, da cui arrivavano e partivano incessantemente carichi di ogni tipo da e per la madrepatria.

Quando i *milites* della *Legio XII* avevano risalito la costa della *Julia Septentrionalis* ed erano arrivati a *Mannahatta*, come i *Nativi Juliani* chiamavano il luogo, vi avevano trovato paludi e foreste. E ora, pensava Valerius, *Nova Roma* era una delle città più importanti del mondo romano, con i suoi oltre venticinque milioni di abitanti. Dal 764 *ab Urbe condita*, dal termine cioè della conquista romana del continente, la *Julia* non aveva più conosciuto guerre.

Molto era cambiato da allora. L'impero non esisteva più da oltre tre secoli, sostituito da una federazione di province indipendenti, la *Fœderatio Provinciarum Romæ*, accomunate dalla stessa lingua, dalla stessa moneta e dalla

---

[166] 24 avanti Cristo.

stessa legislazione. La schiavitù era stata abolita cinquecento anni prima, quando la cittadinanza romana era stata estesa a tutti i popoli dell'impero, e anche le pene capitali erano state cancellate, fatta eccezione per crimini di particolare efferatezza.

Il segnale acustico di un'*olochiamata* in arrivo destò Valerius dai suoi pensieri. Bevve l'ultimo sorso di caffè, posò la coppa sul bancone di marmo bianco alla sua destra, quindi diede due colpetti in rapida successione col polpastrello dell'indice destro sul bracciale nero che portava al polso. L'immagine olografica di Plinius si materializzò, a grandezza naturale, al centro dell'*atrium*.

Plinius indossava eleganti pantaloni bianchi di lino, comodi mocassini di pelle di camoscio marrone chiaro, e una corta tunica di seta color azzurro mare. I capelli, neri e crespi, pur mostrando i segni di un'inequivocabile calvizie, erano pettinati con cura e il viso era perfettamente rasato.

«*Salve tibi, Valeri!*[167]» esordì l'immagine olografica di Plinius, sollevando la mano sinistra in segno di saluto. Il suono della sua voce si diffuse nella stanza come se il senatore fosse nell'*atrium* di Valerius e non a Roma, a oltre seimila chilometri di distanza.

«*Ave, Plini!*» rispose cordialmente Valerius. I due erano stati compagni di scuola e, pur avendo intrapreso carriere profondamente diverse, Valerius in campo scientifico e Plinius in politica, erano rimasti in stretto contatto. «A cosa devo l'onore di una tua olochiamata di primo mattino?»

«A parte il fatto che qui a Roma è l'ora di pranzo, non te lo immagini?» chiese Plinius in tono allegro. «Sei famoso, amico mio! Congratulazioni! La notizia del

---

[167] *Salute a te, Valerio!*

successo del tuo esperimento, anche se non è stata ancora resa pubblica, ha sollevato un terremoto tra i vertici della *Fœderatio*!»

«Non è il *mio* esperimento», lo corresse Valerius, con modestia. «Il merito non è soltanto mio. Faccio parte di una squadra di cinque ricercatori. Comunque, grazie.»

«Mio... nostro... dettagli», liquidò la questione Plinius, ruotando la mano destra in un gesto eloquente. «In politica, se non sei tu a prenderti i meriti degli altri, saranno gli altri a prendersi i tuoi, amico mio. A ogni modo, non è questo il punto. Quello che hai fatto, quello che *avete* fatto, è stra-or-di-na-ri-o!»

«È soltanto il primo passo», minimizzò Valerius, abbassando gli occhi, leggermente a disagio. «Per il momento siamo riusciti a inviare un minuto nel futuro un semplice cubetto di ferro delle dimensioni di un *digitus*[168] cubo.»

«E ha funzionato, amico mio!»

«Sì, questo è vero», concesse Valerius. «Ma non sappiamo ancora se funzionerà con altri materiali. O, cosa più importante, con gli esseri viventi.»

Valerius guardò distrattamente fuori dalla grande vetrata del suo *atrium*. Un *omnibus* di color rosso porpora del trasporto pubblico locale aveva iniziato un rapido atterraggio verticale per imbarcare una lunga fila di passeggeri in attesa alla fermata alla base dell'*altadomus* dove viveva Valerius.

«Un passo alla volta, amico mio. Sono certo che ci riuscirai.»

«Ci *riusciremo*, semmai», lo corresse Valerius.

«Certo, certo...» lo assecondò Plinius. «Ad ogni modo, nel pomeriggio qui a Roma si terrà una sessione

---

[168] Un *digitus* corrisponde a 1,85 centimetri.

straordinaria del Senato. Il senatore Appius Flavianus, della *Provincia Lusitania*, ha avanzato una proposta di legge per proibire i viaggi nel tempo dalla fondazione dell'Urbe ad oggi.»

«*Pro sancte Iuppiter!*[169]» esclamò Valerius, sorpreso. «Non ha certo perso tempo! Il nostro esperimento risale soltanto a ieri!»

«Dovresti ormai sapere, amico mio, che *politica* è sinonimo di efficienza e produttività», ribatté Plinius con un sorriso sardonico.

«Sì, proprio. Soprattutto sinonimo di onestà e disinteresse», aggiunse Valerius, sarcastico. «Per quale motivo Flavianus vuole vietare i viaggi nel tempo negli ultimi ventotto secoli?» chiese poi, in tono serio.

«Te lo puoi immaginare... Flavianus teme che la storia di Roma possa venire stravolta, volontariamente o involontariamente, da possibili viaggiatori temporali. Oltre a proibire i viaggi dalla fondazione dell'Urbe ad oggi, Flavianus vuole introdurre una serie di leggi che stabiliscano in che modo e fino a che punto i viaggiatori temporali possano interagire con oggetti e persone appartenenti a un'altra epoca.»

«Beh, da questo punto di vista, non posso non dar ragione a Flavianus. *Se*», disse, enfatizzando il condizionale, «e quando avremo la possibilità di viaggiare nel tempo, è giusto che ci siano leggi chiare che limitino il rischio di alterare la storia. Anche se vietare i viaggi negli ultimi ventotto secoli ci impedirebbe di svelare molti dei misteri del passato.»

«Ne resterebbero comunque decine di altri su cui si potrebbe finalmente fare luce», sentenziò Plinius. «Dal

---

[169] *Per Giove!*

circolo di pietre megalitiche in *Britannia*[170] alle gigantesche teste di pietra dell'isola di Rapa Nui, dalla costruzione delle piramidi in Egitto al continente perduto di Atlantide.»

«Il mito di Atlantide mi ha sempre affascinato», disse Valerius, lo sguardo sognante rivolto a oriente, oltre la grande vetrata dell'*atrium*. «Mi piacerebbe, un giorno, poter tornare indietro nel tempo e visitare l'isola di Thira, nell'Egeo, poco prima dell'Eruzione Minoica», aggiunse, guardando speranzoso il piccolo anello di acciaio inossidabile, di circa cinque *digiti*, che il giorno prima aveva spedito il cubetto di ferro un minuto nel futuro.

«Amico mio, la vostra scoperta è in grado di cambiare la storia.»

---

[170] Stonehenge.

EPILOGO

Roma, un appartamento privato
2 dicembre 2072

«*Amico mio, la vostra scoperta è in grado di cambiare la storia.*»

Lette le ultime parole, l'uomo chiuse il libro dalla copertina rossa, e lo posò sul comodino alla sua destra. Quindi si strofinò leggermente gli occhi con pollice e indice, per scacciare la stanchezza che sentiva crescere dentro di sé.

«Papino, è vera questa storia?» chiese la bambina, mentre gli occhi le si chiudevano dal sonno. I lunghi capelli castani erano sciolti e sparsi sul cuscino.

«Tu cosa pensi, *Gnappy*[171]?» chiese di rimando l'uomo con un sorriso, mentre si chinava su di lei per rimboccarle le coperte. La temperatura era scesa improvvisamente negli ultimi giorni e di notte era di pochi gradi superiore allo zero. Il cielo era sgombro di nuvole e dalla vetrata della stanza della bambina si intravedevano le stelle punteggiare luminose il cielo nero.

«Io penso che sia una storia vera.»

«Forse lo è, topino. A volte il confine tra sogno e realtà, tra fantasia e verità è una linea sottile difficile da tracciare. E la notte, quando le ombre ci accompagnano, questo confine diviene ancora più labile, e anche le cose più improbabili diventano possibili.»

---

[171] Abbreviazione di *gnappetta*, ossia *piccoletta* o *piccolina* in dialetto romanesco.

«E Julianus dov'è ora?» chiese la bambina, le parole strascicate di chi sta per cedere all'abbraccio del sonno.

«Secondo la leggenda, Julianus è diventato una stella, la più brillante della costellazione della *Lyra*.»

L'uomo si alzò dalla sedia e si avvicinò alla vetrata. In pochi istanti localizzò la stella che brillava lontana, un minuscolo puntino luminoso nel cielo infinito.

«E da lassù veglia su di noi», aggiunse, chiudendo le tende di lino color giallo oro.

Si avvicinò nuovamente al letto. La bambina si era abbandonata serena all'abbraccio di Morfeo. Il suo respiro si era fatto regolare, dolce e appena avvertibile.

L'uomo spense la luce e chiuse la porta. Si avviò silenziosamente lungo il corridoio verso la stanza che usava come studio. Guardò l'ora e pensò che, in fondo, non era poi così tardi.

«Ho tutto il tempo per fare un paio di *olochiamate*», pensò, sorridendo tra sé.

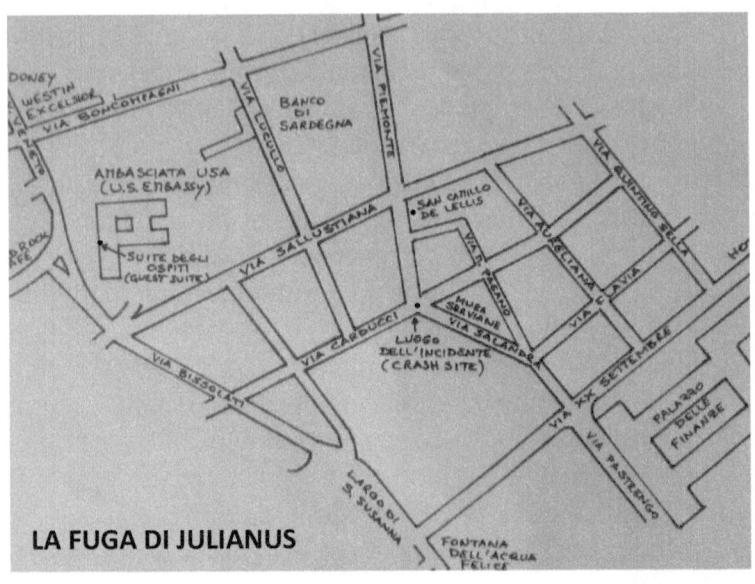

LA FUGA DI JULIANUS

Nota dell'Autore

Oltre che di Roma e di Storia Romana, sono sempre stato appassionato di romanzi ucronici[172] e paradossi temporali. Nella storia che avete appena finito di leggere, oltre ad alcuni riferimenti espliciti a film e libri che trattano l'argomento dei viaggi nel tempo (da *Terminator* e *Ritorno al Futuro* a *Geronimo Stilton* e *Topolino*), ho voluto rendere omaggio ad alcuni dei più famosi romanzi sull'argomento.

March, il *sellerone* un po' ottuso in servizio all'Ambasciata degli Stati Uniti, è un omaggio a Xavier March, il protagonista di *Fatherland*, distopia capolavoro di Robert Harris, ambientata in una realtà in cui la Germania Nazista ha vinto la Seconda Guerra Mondiale.

Il maggiore Young e il tenente McDougall, a loro volta, sono un omaggio rispettivamente al romanzo *Making History* di Stephen Fry (il cui protagonista, Michael Young, crea una linea temporale alternativa in cui Adolf Hitler non è mai esistito) e alla trilogia *Romanitas-Rome Burning-Savage City* di Sophia McDougall, ambientata in un mondo in cui l'Impero Romano è sopravvissuto fino ad oggi.

Il salutista dottor Frink deve il suo nome a uno dei protagonisti di *The Man in the High Castle* di Philip K. Dick, libro cui si è ispirata la fortunata serie omonima di

---

[172] Genere narrativo basato sul presupposto che la storia del mondo, a partire da uno specifico momento storico, abbia seguito un percorso alternativo rispetto a quello reale.

Amazon, e che ipotizza uno scenario in cui le forze dell'Asse hanno vinto la Seconda Guerra Mondiale e gli Stati Uniti risultano divisi in due blocchi, il Grande Reich Nazista a est, e gli Stati Giapponesi del Pacifico a ovest, separati da una Zona Neutrale a cavallo delle Montagne Rocciose.

Morlock è invece un omaggio a *La Macchina del Tempo* (*The Time Machine*) di H. G. Wells, che narra di un'umanità divisa, nell'anno 802.701, tra i pacifici Eloi e i mostruosi Morlock, cannibali che degli Eloi si cibano.

Brittany Bagnall, l'operatrice del ROV a bordo della nave oceanografica *Destiny* (*nomen omen*[173]...), è invece un omaggio al *Ciclo dell'Invasione* (*Worldwar Series*) di Harry Turtledove, una serie di romanzi di fantascienza che immagina un'invasione aliena della Terra durante la Seconda Guerra Mondiale, e in cui uno dei protagonisti si chiama, appunto, Bagnall.

L'infermiere Vito De Marchi si ispira a Gianluigi De Marchi, uno dei due autori (l'altro è Francesco Femia) dell'originale libro *Il regno unito d'Italia (tutta un'altra storia)*, che immagina la sconfitta di Garibaldi sul Volturno e la conseguente unificazione della Penisola da parte del Regno delle Due Sicilie.

L'Ambasciatore Harlan, poi, deve il nome al protagonista dello straordinario romanzo di Isaac Azimov *La Fine dell'Eternità* (*The End of Eternity*), in cui viene affrontato il tema del paradosso temporale.

A proposito del paradosso temporale al cuore di questo libro (se il *kỳklos* è la *causa* che genera un percorso storico alternativo—con Cesare che sopravvive alla congiura dei senatori e la successiva conquista romana delle Americhe—, come può il *kỳklos* essere anche l'*effetto* di

---

[173] *Un nome un destino.*

questo percorso alternativo ed essere stato quindi inventato e costruito dai Romani del futuro, ossia i misteriosi dèi *(R)O-ma-n(ó)i* del prologo?), esiste un'infinità di film, libri, fumetti e persino videogiochi che trattano l'argomento. Ne cito soltanto un paio: il film *Terminator 2 – Il Giorno del Giudizio (Judgement Day)*, in cui i pezzi del Terminator—proveniente dal futuro—vengono usati dagli scienziati del passato per sviluppare i Terminator stessi; e il film *Fuga dal Pianeta delle Scimmie (Escape from the Planet of the Apes)*, in cui Cesare (guarda caso...), il capostipite della razza di scimmie intelligenti che dominerà in futuro il pianeta Terra, è il figlio di due scimmie intelligenti, Cornelius e Zira, provenienti da *quel* futuro.

L'ingegnere della NASA, Watney, è un omaggio al protagonista dell'appassionante romanzo *The Martian (Sopravvissuto)* di Andy Weir, da cui è stato tratto l'omonimo film con Matt Damon.

Un'altra curiosità, che ai lettori di Clive Cussler sicuramente non sarà sfuggita, riguarda il colore dello scafo della *Destiny*: turchese, come il colore delle navi della *National Underwater and Marine Agency* (NUMA) descritte nei romanzi di Cussler del quale sono un fedele lettore da molti anni.

Per il resto, il libro contiene numerosissimi riferimenti autobiografici: date, luoghi, persone, e oggetti che hanno, o hanno avuto, un significato per me particolare e che mi sono pertanto cari. Non mi dilungherò nei dettagli, in quanto irrilevanti per la maggior parte dei lettori. Chi mi conosce più a fondo saprà individuare tante di queste piccole tracce che ho volutamente sparpagliato qua e là nel libro. Ne voglio però svelare tre, di questi riferimenti autobiografici.

Il primo riguarda la figlia di Áreos, Eilínas. Descrizione fisica, età e nome, seppur "ellenizzato", si rifanno a mia figlia, Elena. Del resto, Áreos etimologicamente si richiama al dio greco Ares, così come il nome Marco si richiama a Marte, il suo equivalente romano. E ad Elena si ispira anche la bambina che compare nell'epilogo, che chiude idealmente la storia così come la bambina nel prologo, Eilínas, l'aveva aperta.

Il secondo riferimento riguarda una delle figure centrali del libro, Carlo. Come il suo omonimo cui si ispira, anche il Carlo fittizio ha combattuto in giovane età contro un tumore maligno al cervello. Il Carlo reale, purtroppo, questa battaglia l'ha persa il 9 settembre del 1993, ma il suo ricordo continua a vivere indelebile nei cuori di chi ha avuto la fortuna di conoscerlo.

Il terzo e ultimo riferimento riguarda il protagonista, il legionario Julianus. Con lui ho voluto ricordare un altro carissimo amico scomparso prematuramente il giorno di Ferragosto del 2014. Si chiamava Giuliano ed era un musicista formidabile. Mi piace immaginare, come scritto nell'epilogo, che si sia trasformato nella stella di Vega, la più brillante della Costellazione della *Lyra*. La lira, uno strumento musicale. Non a caso.

Ringraziamenti

Scrivere un romanzo, specialmente per un esordiente, non è semplice. Ma può essere divertente. Ed io, nello scrivere CHANGING HISTORY, confesso di essermi parecchio divertito. Soprattutto nei fine settimana e nelle lunghe serate di lockdown da COVID-19 in cui Lionhill, Julianus, Valeria, Carlo, don Renato e tutti gli altri personaggi del libro mi hanno fatto compagnia e, perché no, strappato anche qualche sorriso.

Voglio però cogliere l'occasione, in questa sede, per ringraziare tutti coloro che hanno contribuito a perfezionare il romanzo e a renderlo più godibile al pubblico.

Francesco Denti, Dario Giacomini, Isa Lemessi, Gianguido Saletnich e *Giordano Zevi*, per avermi segnalato errori di battitura e inesattezze che, grazie a loro, ho potuto correggere.

Emanuela Sarracino, per avermi fornito preziose e precise informazioni sulle diverse fasi del cataclisma che ha sconvolto l'isola di Santorini oltre 36 secoli fa.

Francesca Hennig-Possenti, per avermi raccontato della Supernova 1054, da cui è nata l'idea della foto scattata dal Rover nel passato.

Serena Antonnicola e *Guidotto Colleoni*, per aver controllato e perfezionato tutte le frasi latine nel libro.

Gordon Rehn e *Carmen Mocolo*, per aver pazientemente riveduto e corretto le mie bozze della versione inglese.

E naturalmente un grazie di cuore a voi tutti, cari lettori. Spero che CHANGING HISTORY vi abbia divertito almeno quanto ha divertito me.

L'AVVENTURA CONTINUA...

Il legionario Julianus è tornato nel 44 avanti Cristo. Ciò che ha appreso durante il suo breve viaggio nel 2022 può modificare radicalmente il corso degli eventi. Ai marines comandati dal maggiore Young non sembra restare altro che un'opzione: raggiungere Julianus nel passato e impedirgli di cambiare la Storia. Ma gli Americani non sono gli unici a disporre di un portale temporale. Altri sono in grado di viaggiare nel tempo, con obiettivi diametralmente opposti. Dall'Urbe alla costa occidentale dell'Atlantico, in un susseguirsi continuo di salti nel tempo, paradossi, identità nascoste e inaspettate rivelazioni, l'avventura iniziata con Changing History continua...

www.ingramcontent.com/pod-product-compliance
Lightning Source LLC
Chambersburg PA
CBHW020107180626
46812CB00006B/2501